어느 영국 여인의 일기 세 번째, 미국에 가다

어느 영국 여인의 일기 세 번째, 미국에 가다

초판 1쇄 발행 2025년 6월 21일

지은이     E. M. 델라필드
옮긴이     박아람
일러스트   정호진
북디자인   김정환
교정교열   정진라
제작       세걸음

펴낸곳     이터널북스
이메일     eternalbooks@naver.com
인스타그램 @eternalbooks.seoul

ISBN     979-11-979168-2-3 04840
ISBN     979-11-979168-0-9 (세트)

이 책의 한국어판 저작권은 도서출판 이터널북스에 있습니다.
저작권법에 의해 한국 내에서 보호를 받는 저작물이므로 무단 전재와 무단 복제를 금합니다.

# The Provincial Lady in America

어느 영국 여인의 일기 세 번째, 미국에 가다

E. M. 델라필드
박아람 옮김

이 책의 일부는 이미 〈펀치〉에 실렸습니다.

전재를 허락해 준 〈펀치〉의 편집장과 경영진에게 감사드립니다.

**일러두기**

- 주석은 모두 옮긴이 주다.
- 본문 중 **굵은 글씨**는 원서에서 이탤릭체로 강조한 부분이다.

**7월 7일**

오늘의 두 번째 우편배달을 받고 몹시 놀란다. 평소에는 청구서와 인근 가든파티 광고지만 가득하던 우편물 속에 뜻밖에도 미국 출판사가 보낸 정중하고 기분 좋은 편지가 들어 있는 게 아닌가. 곧 있을 나의 미국 방문과 관련해 내가 전에 얘기한 조건을 모두 들어 줄 수 있게 되어 기쁘다면서, 계약서를 동봉하니 읽어 보고 서명하라는 내용이다.

어안이 벙벙하지만 언젠가 미국 방문 얘기가 나왔을 때 필요한 자금과 꽤 큰 액수의 계약금 따위를 가볍게 읊조린 일이 떠오른다. 그때는 아무도 귀담아듣지 않을 거라 생각하며 마음대로 지껄였다. 그런데 완전히 잘못 판단한 것이다. 나는 계약서를 열네 번쯤 연이어 읽는다. 너무 놀라서 눈알이 튀어나올 것 같다(말이 그렇다는 거다). 내가 정말 그만한 가치가 있는 사람일까?

분명 아닐 테지만 어쨌든 미국에 가보고 싶고, 보아하니 내가 원하든 원하지 않든 갈 수밖에 없을 것 같다.

한동안 여러 생각이 꼬리를 물고 이어진다. 남편 로버트에게는 분위기가 가장 좋을 때 얘기하리라. 현재 최악의 빈곤 상태인 옷장을 들여다보고 무엇이 필요한지도 파악해야 한다. 아이들 여름 방학이 끝나고 바로 떠나서 크리스마스 연휴 직전에 돌아오는 일정이라면 크리스마스 쇼핑을 지금 해둬야 하지 않을까?

이런저런 생각으로 금세 흥분 상태에 빠져드는 찰나, 다행히도 전화벨이 울린다. 수화기를 들자 누군가가 말한다. 죄송합니다만 전화를 시험하는 중입니다. 나는 괜찮다고 하고는 오후에 차를 마시고 나서 로버트에게 출판사 편지를 보여 주기로 결심한다.

차를 마시는 내내 도무지 집중할 수가 없다. 로버트에게 설탕을 건네자 그는 얼른 받지 않고 내게 혹시 졸고 있는 거냐고 묻는다. 편지 얘기는 저녁까지 미루기로 한다.

어느새 비가 내리고 플로렌스가 오더니 계단참 천장에서 물이 샌다고 한다. 나는 어서 가서 로버트를 찾아오라고 한다. 그러고 보니 내가 그토록 자주 부르짖는 페미니즘 정신에 모순되는 태도지만 이미 늦었다. 그래도 끊임없이 물이 떨어지는 계단참에 비키가 쓰던 작은 세숫대야를 갖다 놓는다.

다시 책상 앞에 앉아 미국 여행에 필요한 옷을 적어 본다. 정신을 차려 보니 '여권 갱신하기'부터 '백화점에서 중국 차 주문하기─3킬로그램짜리 대용량이 저렴함'까지, 떠나기 전에 해야 할 일을 몽땅 적고 있다.

다 끝나 갈 무렵 로버트가 들어오는가 싶더니, 내가 계단참에 놓아 둔 대야에 발이 걸리는 소리가 들린다. 아무도 주의를 주지 않은 탓이다. 오늘 저녁 미국 방문 소식을 전하기는 글렀다.

그는 저녁 내내 사다리를 놓고 올라가서 배수로를 살펴보고 그사이 나는 미국 출판사에 답장을 쓴다. 하지만 하루나 이틀 기다렸다 부치기로 한다.

## 7월 8일

로버트는 조만간 무슨 소식을 듣게 될지 아직 모른다.

## 7월 10일

런던에 있는 미국 출판사 직원에게서 내 의사를 묻는 반신료 전납 전보*가 왔다. 안타깝게도 이 전보는 남편이 전화로 받았다.

---

* 회답으로 돌아올 전보의 요금까지 미리 내고 보내는 특수한 전보.

구구절절 설명하지만 만족하지 못하는 눈치다. 죄책감과 함께 내가 무척 기만적이라는 느낌마저 들지만 분석하지 않기로 한다.

로즈의 집에 머물 때 만난 트레시더 부인이 편지를 보냈다. 내일 아들과 함께 이쪽으로 자동차 여행을 오는데, 오후에 우리 집에 들를 테니 함께 차를 마시자는 것이다.

의문 외출해 버릴까? 답 (a) 예의상 그럴 수 없다. (b) 그러면 사랑하는 친구 로즈와 멀어질지도 모른다. (c) 딱히 갈 데도 없다.

결국 트레시더 부인에게 아드님과 함께 오신다니 무척 기대된다는 상냥한 편지를 보낸다. 그녀의 아들에 대해 들은 바가 있는지 기억을 더듬어 보지만 아무것도 떠오르지 않는다. 몇 살쯤 되었는지도 모르겠다. 메모 어린아이일 수도 있으니 차 대신 우유를 더 주문할 것. 트레시더 부인의 외모로 봐선 그럴 가능성이 희박하지만.

오후에 로버트와 함께 인근에서 열리는 농업 박람회에 간다. 쇠로 만든 갖가지 장비가 전시돼 있고 천막 앞에 괴이하게 생긴 욕조가 덩그러니 놓여 있다. 동물도 많이 보이는데, 대부분 대형 가축이다. 우연히 마주친 프로비셔 부부가 지난해보다 사람이 더 많네, 하기에 맞다고 대꾸한다. 뒤늦게야 내가 지난해엔 오지 않았다는 사실이 떠오른다. 다음으로 마주친 파머 부부가 올해는 지난해만큼 사람이 많지 **않다**고 하는데 이번에도 동조한다. 다시 생각하니 기가 막히고 프로비셔 부부와 파머 부부가 나와의 대화를 서로에게 얘기하면 어쩌나 싶다. 그럴 일은 없을 것 같지만. <sup>의문</sup> 양심의 가책은 잘못이 발각될 확률에 비례하는 걸까? ☞ 여기엔 냉소적으로 답할 수밖에 없을 듯.

우리는 계속해서 여러 기구를 둘러본다. 이가 달린 괴상한 기구 앞에서 로버트가 몹시 흥분하며 15분쯤 말없이 바라본다. 내가 보기에 이 기구의 매력은 6초 이상 투자하기 아까운 수준이지만 굳이 말하지 않는다. 어느새 나는 미국 방문을 그려 본다. 상상의 나래를 활짝 펼치고 내가 바다에서 목숨을 잃고 묻히려는 찰나 로버트가 말한다. 저 캐터필러를 충분히 봤으면(저게 캐터필러라고?) 그만 차를 마시러 갈까?

우리는 찻집으로 꾸민 천막으로 이동한다. 몹시 덥고 북적거릴 뿐 아니라 긴 의자에 앉으니 사람들이 일어날 때마다 의자가 기울어져서 넘어갈 것 같다. 나는 진한 홍차를 마시며 작은 번과 체리가 박힌 케이크를 먹는다. 맞은편에 앉은, 친구 사이인 듯 보이는 거구의 두 할아버지 사이에 어린 소녀가 앉아 있다가 차를 쏟는 바람에 기울어진 탁자 위로 찻물이 흘러내려 로버트의 플란넬 바지를 침범한다. 그는 짜증을 억누르고 괜찮다고 하며 나와 함께 천막을 나온다.

우리 마을 사람들을 만나 정답게 대화를 나눈다. 우체국의 미스 S가 나를 슬쩍 불러내더니 묻는다. 미국에 간다는 게 사실이에요? 나는 그렇다고 한다. 우리는 미국이 너무 멀다고 입을 모은다. 미스 S는 자기 오빠가 캐나다에서 아내를 만나 수년째 살고 있는데 자기는 그 아내를 한 번도 보지 못했고 그곳 사정도 그리 좋지 않은 것 같다고 한다.

로버트가 이 대화를 엿들었는지 저녁에 불쑥 묻는다. 미국에 가는 건 확실히 정해진 모양이지? 나는 자신 없는 목소리로 그런 것 같다고 대답하고는 더욱 자신 없는 목소리로 당신이 원한다면 취소하겠다고 얼른 덧붙인다. 로버트는 대꾸하지 않고 〈타임스〉를 집어 든다.

나는 한동안 라디오를 듣는다. 숲에 관한 매력 없는 노래가 흘러나오는데 내 귀에는 목소리마저 역겹다. 학교에 있는 로빈과 비키에게 그림엽서를 쓴 뒤 역겨운 여자 목소리가 야생 제비꽃을 부르짖을 때 라디오를 끄고는 미국에 갈 때 필요한 옷을 적어 본다. 얼마 후 9시 뉴스를 놓쳤다는 사실을 깨닫는다. 로버트도 그 사실을 깨닫고 또 언짢아한다.

침울한 기분으로 잠자리에 든다. 욕실에서 이상한 냄새가 나는 것 같지만 아침에 얘기하는 게 좋을 듯. 몇 시간 뒤 로버트가 올라와 굳이 나를 깨우더니 혹시 목욕할 때 이상한 냄새가 나지 않았냐고 묻는다. 그렇다고 하자 그럼 2층 전체에 냄새가 퍼졌다는 뜻이며 어딘가에 쥐가 죽어 있는 게 틀림없다고 한다. 나는 그의 말에 토를 달지 않는다. 이유는 ⓐ 어차피 그의 말이 맞을 테니까. ⓑ 지금은 졸려서 미칠 것 같으니까.

**7월 11일**

아주 오래돼 보이는 자동차가 덜컹거리며 문 앞에 멈춰 서더니 회색 바지와 스웨터를 입은 유능해 보이는 여자가 내린다. 트레시더 부인이다. 잠시 후 아들도 보이는데, 여행 가방 여러 개와 커다란 주전자, 조립식 간이 침대의 부품들, 공기를 넣는 접이식 욕조, 식료품 통 따위가 실린 뒷자리에 웅크린 채 끼어 앉아 있다. 창백하고 겁에 질린 듯한 이 소년은 열네 살이라고 하는데 내 눈에는 많아야 열 살쯤 된 것 같다. (어쨌든 추가로 주문한 우유는 필요 없을 듯. 요리사에게 오늘 저녁 푸딩을 만드는 데 쓰라고 할 것.)

활기가 넘치고 수다스러운 트레시더 부인은 아들과 함께 웨일스로 야영하러 가는 길이라고 한다. 내가 방학이 일찍 시작한 모양이라고 하자 그녀는 고개를 젓고 얼굴을 찌푸리며 쉿, 쉿, 하더니 부자연스럽게 웃으면서 큰 소리로 말한다. 몸이 썩 튼튼하지 않아서 지난 학기를 집에서 보냈답니다. 다음 학기에는 학교로 돌아갈 거예요. 그나저나 우리 아들이 이 사랑스러운 정원을 산책하고 싶어 안달하는 것 같은데요.

내 정원은 4분 30초면 다 돌아볼 수 있지만 별수 없이 그녀의 말에 동조해 준다. 소년은 침울한 얼굴을 하고 돼지우리 쪽으로 사라진다.

아들이 가고 나자 트레시더 부인은 아이가 얼마 전 신경 쇠약을 겪었다고 한다. 학교에서 제대로 관리하지 않았고 의사를 찾아가도 나아지지 않아서 자기가 직접 떠맡기로 마음먹고 한동안 자유롭게 뛰어다니게 하고 있다. (차 뒷자리에서 산더미 같은 짐에 파묻힌 채로, 어떻게 자유롭게 뛰어다닌다는 걸까?)

트레시더 부인은 현관 안으로 발을 채 들여놓기도 전에 집이 굉장하다며 내가 정말 놀라운 사람이라고(그럴 수도 있지만 트레시더 부인이 생각하는 것과는 전혀 다른 이유일 듯) 하더니, 미국에 간다는 게 사실이냐고 묻는다. 어느새 우리는 현관에 서서 이에 대해 꽤 열띤 토론을 벌인다. 그만 올라가서 모자라도 벗어 놓으라고 해도 듣는 둥 마는 둥 한다. 주전자를 들고 식당으로 향하는 플로렌스에게도 눈길 한번 주지 않는다. 나는 트레시더 부인에게 한쪽 눈을 고정한 채 건성으로 네, 네, 대꾸하면서 플로렌스를 살핀다. 트레시더 부인의 회색 바지를 보고 꽤 놀란 눈치이고 어쩌면 내일 아침에 사직서를 낼지도 모른다.

트레시더 부인은 미국 얘기를 한참 떠든다. 자기는 뉴욕을 아주 잘 알고 시카고에도 가보았으며 보스턴의 여성 오찬 클럽에서 강연한 뒤 샌프란시스코와 서부 해안에도 들렀다가 귀국했다고 한다. 간신히 그녀를 위층으로 올라가게 하는데 그사이에도 말을 멈추지 않는다. 몽유병 환자처럼 나를 따라오며 떠드는 그녀를 보니 지난겨울 여성회에서 상연한 『맥베스 부인』이 떠오른다.

위층 계단참에 이르렀을 때, 하필 로버트가 셔츠 바람으로 욕실 문 앞에 나타나더니 쥐의 사체 **절반**을 찾았고 나머지 절반도 멀지 않은 곳에 있을 거라고 한다. 내가 생각하기에도 틀림없이 그럴 것 같다. 로버트는 그제야 트레시더 부인을 발견한다. 내가 그녀를 소개하지만 (다행히) 그는 악수를 청하지 않는다. 차가 준비됐음을 알리는 종이 울릴 때까지 우리는 죽은 쥐 얘기를 이어간다.

소년이 다시 나타난다. 걷는다기보다는 옆으로 기어서 들어오는 것 같다. 트레시더 부인이 여기저기 신나게 뛰어다녔냐고 묻자 아이는 힘없이 웃기만 할 뿐 아무 말도 하지 않는다. 거짓말하기는 싫은 모양이다.

트레시더 부인은 다시 미국 얘기로 돌아가 내가 미국에 가 있는 동안 런던 집은 세를 놓으라고 성화한다. 내가 적당한 사람을 알거든요. 아주 매력적인 아가씨인데, 태비턴가에 살다가 막 쫓겨났답니다. 태비턴가에서 쫓겨났다고요? 나는 아주 매력적인 여인이 경찰에게 붙들려 끌려 나오고 차가운 태비턴가 주민들이 그녀에게 돌을 던지며 욕하는 광경을 상상한다. 알고 보니 딱히 어떤 사건이 있었다기보다는 그저 이 매력적인 여인의 태비턴가 셋집 계약이 만료됐다는 뜻이다. 트레시더 부인은 그 여자가 갈 곳이 없다고 한다. 로버트는 YWCA*에 도움을 청해 보라고 한다. 나는 구세군을 찾아가면 어떨까 제안한다. 그러나 우리의 농담은 통하지 않고 트레시더 부인은 캐럴라인 콘캐넌이라는 이 여자가 정말 **이상적인** 세입자라고 열을 올린다. 문학을 좋아하고 지적이며 사람들과 잘 어울리고 매우 독립적일 뿐 아니라 무려 플리트가▲에서 일하고 있다. 나는 갑자기 캐럴라인 콘캐넌에게 격렬한 반감이 들어 10월 1일이나 배를 탈 것이고 그전에는 절대 세를 줄 수

---
● 1855년 영국에서 발족한 기독교 여자 청년회.
▲ 런던의 금융 중심지.

없다고 황급히 말한다. 그런데 대체 어떻게 된 일인지 결국 트레시더 부인은 나에게서 다음과 같은 얘기를 끌어낸다. 내 런던 집에는 방과 응접실이 있고 응접실에는 소파 베드가 있으며 아이들 여름 방학 동안에 내가 그곳에 머물 가능성은 거의 없다. 8월과 9월에 세입자를 들이면 집세에도 보탬이 될 것이다. 지금 당장 우편으로 열쇠와 자세한 계약 조건을 보내면 캐럴라인 콘캐넌이 곧바로 이사하지 못할 이유가 없다. 로버트가 나를 구해 주려고 우편배달이 이미 출발했을 거라고 하지만, 트레시더 부인은 굴하지 않고 자기가 다음 도시에 가서 우편배달을 따라잡으면 된다고 한다. 그녀는 자기가 직접 캐럴라인 콘캐넌에게 편지를 보내 얼마나 좋은 기회인지 알리겠다고도 한다. 그러더니 자리에서 벌떡 일어나 필기도구를 찾아 나선다. 로버트는 측은한 얼굴로 나를 보며 정원으로 나가고 얼마 후 소년도 뒤따라 나간다. 아이는 차가 부족했는지 찻잎을 씹고 있다.

나는 걱정이 되어 트레시더 부인에게 페이비언이 튼튼하지 않은 것 같다고 하자 그녀는 호탕하게 웃으며 강단 있는 아이이니 자기는 전혀 걱정하지 않는다고 대꾸한다. 내 셋집에 대해서도 그런 태도를 보이면 좋겠다고 받아치고 싶지만 참는다. 결국 나는 트레시더 부인의 강요에 못 이겨 그녀의 친구에게 내 도리가 셋집의 세입자가 되어 달라고 열렬히 제안하는 긴 편지를 쓴다.

내가 편지를 마무리하자 트레시더 부인은 의기양양하게 그것을 가방에 넣으며 틀림없이 아주 잘된 일이라고 나를 다독인다. 그녀가 말하는 아주 잘된 일의 정의가 내가 생각하는 정의와 일치하는지는 잘 모르겠다.

이윽고 우리는 정원으로 나간다. 그녀는 교육과 새로운 건초열 치료법, 자동변속기, 요즘 읽는 책에 관해 얘기한다. 우리 아이들의 안부도 묻는데 모두 학교에 있다고 하자 그녀는 부디 새로운 교육법으로 운영되는 학교이길 바란다고 한다. 비키의 학교는 다소 의심스럽지만 나는 아마 그럴 거라고 대답한다. 단, 로빈의 학교는 아니라고 시인할 수밖에. 트레시더 부인은 고개를 젓더니 빙긋 웃으며 한참 떠드는데, 내가 알아들은 말은 '안됐다'뿐이다. 이런 얘기를 계속해 봐야 이로울 게 없을 테니 최근 로즈가 보낸 편지로 화제를 돌린다. 그런데 어느새 우리는 다시 교육으로 돌아와서 그녀의 아들이 엄마와 단둘이 자동차로 전국을 여행하는 것이 얼마나 유익한 일인지 얘기하고 있다. (유익한 게 이 정도라면 그전에는 말할 수 없이 개탄스러운 상태였을 것이다.)

시간이 흘러도 트레시더 부인의 이야기는 끝날 줄 모른다. 로버트가 회양목 너머에서 한 번, 산사나무 뒤에서 두 번 넘겨다본다.

그러나 별다른 조치 없이 사라진다. 소년은 아직도 보이지 않는다.

점점 나는 기계적으로 '네' 또는 '그렇군요'를 적당히 번갈아 가며 내뱉고 있고, 나도 모르게 얼굴에는 못마땅한 표정이 떠오른다. 다행히 트레시더 부인은 눈치채지 못한 듯 계속 얘기를 이어간다. 금방이라도 하품이 나올 것 같아서 살을 세게 꼬집으며 이를 악물고 기이한 각성의 표정을 짓지만 과연 그럴듯해 보일지 모르겠다. 트레시더 부인은 여전히 떠들고 있다. 어느새 우리는 캐럴라인 콘캐넌 얘기로 돌아왔다. 어째서인지 트레시더 부인은 그것을 "우리의 계획"이라 일컬으며 그 일이 실현된다면 내게는 참으로 좋을 거라고 한다. 나는 내심 캐럴라인 콘캐넌이 정말 트레시더 부인이 말한 여러 미덕과 미모를 겸비했다면 만난 지 일주일도 안 돼서 살인이 벌어질 수도 있다는 결론을 내린다.

이런 상황에서 자주 떠오르는 익숙한 대사를 속으로 되뇐다. 아무리 힘든 날에도 시간은 흐르노니⋯⋯. 트레시더 부인이 불쑥 얘기를 끝내더니 나이에 비해 놀랍도록 민첩하고 기운차게 일어서며 말한다. 두 사람이 정말 잘 맞는 모양이네요.

소년을 찾아오고 로버트도 마침내 산사나무 뒤에서 얼굴을 내밀어 모두가 작별 인사를 나눈다. (나는 드디어 헤어진다는 생각에 너무 기쁜 나머지 지나치게 상냥한 인사를 건넨다.)

트레시더 부인은 나와 로버트의 손을 힘차게 잡고 악수한 뒤 미소를 짓고 여러 번 고개를 끄덕이며 캐럴라인 콘캐넌과 셋집 얘기를 좀 더 하고 나서야 운전석에 오른다. 소년은 이미 뒷자리 짐 속에 웅크리고 있다. 차가 요란하게 출발한다.

로버트와 나는 지쳐서 서로를 바라볼 뿐 아무 말도 하지 않는다.


**7월 17일**

런던에 가서 캐럴라인 콘캐넌을 만나 본 뒤 방학을 맞아 집에 오는 로빈과 비키를 데려오기로 마음먹는다. 로버트에게 얘기하자 그는 체념한 목소리로 말한다. 미국 여행 때문에 모든 게 뒤죽박죽되는군. 나는 억울한 마음에 장황하게 설명한다. 트레시더 부인이 캐럴라인 콘캐넌을 내게 떠넘긴 탓에 며칠 동안 집 얘기로 그녀와 편지를 여러 번 주고받았는데 차라리 만나서 담판을 짓고 싶다. 그리고 어차피 비키를 런던에서 데번으로 누구든 데려와야 하는데 다른 사람에게 맡기느니 내가 하는 게 낫지 않겠냐. 한참 얘기하고 나자 로버트는 잠시 생각한 뒤 짧게 대꾸한다. 미국 여행 때문에 모든 게 뒤죽박죽될 줄 알았어. 그래도 견뎌야지 별수 있나.

지금으로서는 로버트가 무엇을 견뎌야 하는지 모르겠지만 말해 봐야 소용없을 테니 그저 부엌으로 간다. 요리사가 나를 멈춰 세우고는 내가 미국에 간다는 소문이 동네방네 퍼져서 사람들이 자꾸 물어보는데 뭐라고 대답할지 모르겠다고 한다. 요리사에게는 사실대로 말할 수밖에. 사실을 말하는 내 목소리에 미안한 기색이 가득하고 죄책감마저 밀려든다는 사실에 화가 치민다.

요리사의 태도도 도움이 되지 않는다. 출판사에서 내가 뉴욕에 오기를 원한다고 웅얼거리자 비웃는 듯한 표정을 짓는 게 아닌가. 나는 얼른 부엌을 나선다. 복도에 들어서는 순간, 최근에 절인 달걀에 관해 얘기하는 걸 깜빡했다는 사실이 떠오른다. 다시 부엌으로 가보니 요리사는 개수대 앞에서 빈둥거리는 플로렌스와 얘기하며 한바탕 웃고 있다.

저기 말이야. 내가 입을 연다. 이런 말로는 권위를 세울 수 없으리라. 나는 달걀 얘기를 얼버무린 뒤 황급히 나간다. 대체 왜 그랬을까 후회하며 이를 만회하려고 〈필드〉\*를 이틀쯤 지나서 보내는 신문 판매상에게 날카로운 질책의 엽서를 보내지만 성에 차지 않는다.

---

● 〈The field〉 국내 문제와 스포츠 소식을 다루는 영국의 월간지로, 1853년부터 현재까지 발행되고 있다.

## 7월 20일, 도티가

먼지막이 천을 덮어 놓은 도티가 셋집으로 돌아왔다. 로버트는 역까지 데려다주고 배웅하면서도 미국 얘기는 한마디도 하지 않았다. 천을 벗기고 그레이스인가로 나가 담배와 함께 꽃을 사다가 응접실에 꽂아 놓고는 미스 캐럴라인 콘캐넌의 플리트가 사무실로 전화한다. 수화기 저편에서는 1분만 기다리면 연결해 주겠다고 준엄하게 말하지만 지직대는 소리가 한참 이어진다. 나는 기다리는 동안 압지에 작은 유니콘을 그린다. 다른 사람이 전화를 받더니 미스 콘캐넌을 찾으신다고요? 하고 묻는다. 네, 맞아요. 1분만 기다리세요. 적어도 3분이 흐르는 사이 나는 엘리자베스 양식에 가까운 멋진 오두막을 그린 뒤 음영까지 넣는다. 아쉽게도 그림이 미처 완성되기 전에 캐럴라인 콘캐넌이 전화를 받는다. 목소리가 젊고 쾌활하며 예상보다 훨씬 상냥하다. 우리는 트레시더 부인과 최근에 주고받은 편지에 관해 얘기한 뒤 한시라도 빨리 만나는 게 좋겠다고 의견을 모은다. 캐럴라인 콘캐넌은 자신의 조그만 차를 타고 지금 가면 어떻겠냐고 묻는다. 전혀 어려운 일이 아니라면서. 나는 다음 세 가지에 감탄한다. ⒜ 작은 차가 있다니. ⒝ 런던에서 운전할 수 있다니. ⒞ 일하는 도중에 쉽게 사무실을 빠져나올 수 있다니.

집 안을 둘러본다. 갑자기 모든 게 허름해 보이고 캐럴라인이 나와 이 집을 모두 경멸할 거라는 확신이 든다. 서둘러 파우더를 두드리고 립스틱을 바른다. 잠시 머리를 스치는 생각, 작년에 입었던 해변용 파자마*를 입으면 조금 **있어** 보이지 않을까? 그 붉은 리넨 파자마 바지와 커피색 상의를 입으면 캐럴라인 콘캐넌이 감탄할지도 모른다. 그러나 용기가 나지 않아서 엑서터 쇼핑 거리에서 35실링을 주고 산 파란색 기성품 모슬린 옷을 그대로 입고 있기로 한다.

밖에서 차 소리가 들린다. 커튼 뒤에서 내다보니 세상에서 가장 작은(이건 나의 상상일 듯) 베이비 오스틴▲이 아주 **힘차게** 문 앞에 멈춰 선다. 놀랍도록 호리호리하고 세련된 젊은 여자가 차에서 내린다. 프릴 달린 검은색과 흰색의 드레스를 입고 조그만 흰색 모자를 한쪽 귀 위에 비뚜름하게 얹었으며 붉은 입술도 완벽해 보인다. 커튼 뒤에서 목을 빼고 있는데 하필 그때 그녀가 창문을 올려다본다. 틀림없이 나를 보았을 테고, 그랬다면 내 저속하고 경박한 호기심에 (마땅히) 경악했을 것이다.

---

● 1930년대 서양에서는 휴양지 패션과 운동복에서 파생한 파자마가 널리 유행했다.
▲ 영국에서 생산되어 당시 큰 인기를 누린 저가 자동차 '오스틴 7'의 별칭.

초인종이 울리고(이렇게 위협적인 소리였나?) 문을 열자 미스 콘캐넌이 들어온다. 인정하고 싶지 않지만 아마도 내가 당황하는 이유는 오직 하나, 그녀가 나보다 젊고 세련되고 예뻐서일 것이다.

다정한 대화가 이어진다. 조금 얘기해 보니 캐럴라인 콘캐넌은 편안하고 유쾌한 사람이다. 우리는 트레시더 부인을 화제로 삼는다. 아들이 너무 소심한 것 같더라, 트레시더 부인은 정말 밝고 활기가 넘치더라, 등등. 그러다 우리 둘 다 패멀라 프링글을 알 뿐 아니라 동경하고 있다는 사실이 드러난다. 내가 먼저 묻는다. 요즘 패멀라는 어떻게 지내요? 한동안 소식을 못 들었는데. 미스 콘캐넌은 어머, 모르셨어요? 하더니 증권 거래소 남자 얘기를 모르냐고 되묻는다. 그 사람이 패멀라에게 아주 좋은 물건을 소개해 줬는데, 그게 오르고 또 올라서 패멀라는 그 주식을 판 돈으로 앙티브*에 가서 어떤 제비족과 화끈한 연애를 즐겼다니까요. 증권 거래소 남자는 완전히 꼭지가 돌았죠. 내가 자세히 얘기해 달라고 소리치자 캐럴라인 콘캐넌은 열의를 다해 설명해 준다.

그 얘기에 한참 빠져 있다가 우리가 아직 집을 둘러보지 않았다는 사실을 떠올리고 미스 콘캐넌에게 구경시켜 주겠다고 한다.

---

● 남프랑스의 휴양 도시.

(생각해 보면 코미디다. 이 집은 미스 콘캐넌 혼자 5분이면 충분히 둘러볼 수 있으니까.)

그녀는 보는 것마다 마음에 든다고 하다가 욕실 앞에서 잠시 걸음을 멈춘다. 온수기가 마음에 안 드는 모양이다. (이 물건을 나만큼 많이 알게 되면 반감이 더 심해질 것이다.) 침묵이 길어지자 초조해진 나는 집세 인하를 제안하기로 마음먹는다. 얘기를 꺼내려 하는데 캐럴라인 콘캐넌이 불쑥 말한다. 자기를 편하게 캐럴라인이라 불러 달라는 것이다.

나는 놀라고 안도하며 고마운 마음에 얼른 그러겠다고 한다. 게다가 그 말은 우리가 또 만날 거라는 뜻이고, 그렇다면 이 집에 들어올 의향이 있다는 뜻이 아닌가. 대화가 이어지면서 실제로 그녀가 이 집에 들어올 생각이고, 괜찮다면 다음 주에 당장 이사하고 싶어 한다는 사실이 드러난다. 내가 필요할 때 응접실의 소파 베드를 쓰겠다는 조건을 붙인다. 그녀는 자기가 소파에서 잘 테니 내가 침실을 쓰라고 다정하게 제안하지만 나는 극구 사양한다. 결국 우리는 호감과 존중의 분위기에서 헤어진다.

마음이 편해져서 이 모든 일을 가능하게 해준 트레시더 부인에게 고맙다는 편지를 쓰기로 하지만 어째서인지 자꾸 미루다가 결국 쓰지 않은 채로 하루가 끝난다.

## 7월 22일

로즈에게 전화해 미국에 어떤 옷을 가져갈지 상의한다. 그녀는 꼭 맞는 사람을 안다고 한다. 언젠가 제2의 몰리눅스●가 될 청년이니 다른 사람을 찾을 생각은 하지도 말라고 한다. 그녀는 엽서로 주소를 보내겠다고 한다. 또 모자와 뱃멀미 약, 최신 머리핀을 만드는 여자도 알고 있다고 한다. 나는 다 알겠다고, 전부 고맙다고 한 뒤 내일 샬럿가 식당에서 그녀와 점심을 먹기로 한다. 로즈의 간략한 설명에 따르면 보도에 있는 야외석에서 식사를 할 수 있는 곳이다.

    수화기를 내려놓는 순간 다시 전화벨이 울린다. 정신을 차려보니 트레시더 부인이 떠드는 얘기를 듣고 있다. 급한 볼일이 생겨서 아들을 웨일스에 아빠와 함께 두고(아빠가 있다는 사실에 흠칫 놀란다) 런던에 올라왔는데 내일 다시 내려가야 한단다. 어쨌든 캐럴라인과 내가 집 문제를 해결해서 무척 기쁘다는 얘기를 하고 싶었다나. 우리 둘 모두에게 이상적인 상황이 될 줄 진작 알았다고 한다.

---

● 당시 파리에서 살롱을 운영하던 영국의 대표적인 패션 디자이너 에드워드 헨리 몰리눅스를 말한다.

당장 캐럴라인과 계약을 해지하고 싶지만 꾹 참는다. 내가 언제 어떤 배를 타게 될지 알려 주면 자기가 배웅이든 뭐든 할 수 있을 거라는 말에 알겠다고 하고는 평화롭게 통화를 마무리한다.

**7월 24일**

채링크로스역으로 로빈을 마중 나간다. 아이들을 기다리는 다른 학부모들을 보니 모두 침울해 보인다. 저들도 나에 대해 똑같이 생각하리라. 언제나처럼 기차는 연착되고 나는 베이지색 외투와 치마를 입은 창백한 엄마와 대화를 나눈다. 아이들은 모두 건강한 모습으로 돌아올 거예요. 요즘 학교는 예전과 달라서 아이들이 학교에 있는 걸 정말 좋아하죠. 이런 얘기를 하고 나자 그녀는 자기네 피터가 운동을 싫어하고 공부도 그리 잘하지 못한다고 한다. 나는 우리 로빈이 사실은 학교에 재미를 붙이지 못했다고 한다. 우리는 사내아이들이 여자아이들보다 훨씬 어렵다고 입을 모은다. (하지만 비키까지 집에 와서 함께 이삼일만 지내고 나면 정반대 얘기를 할지도 모른다.)

기차가 들어오자 나를 포함해 모든 학부모가 붉은 모자를 쓴 소년들을 헤치며 급하게 승강장을 왔다 갔다 한다. 마침내 로빈이 보인다. 훌쩍 큰 모습으로 아주 무거운 가방과 씨름하고 있다.

우리는 택시를 타고 서둘러 폴란드가●로 향한다. 비키가 그린 라인 버스▲에서 내린다. 여행 가방은 손잡이가 부러져서 끌어야 하고 불룩한 해트 박스■와 너저분한 갈색 종이로 싼 꾸러미, 책 두 권(생뚱맞은 조합인《연간 미키 마우스》와《데이비드 코퍼필드》), 먹다 만 밀크초콜릿 꾸러미까지 들고 있다.

비키는 몹시 흥분해서 소리를 지르며 배가 고프다고 법석을 떤다. 로빈도 배가 고파 쓰러질 지경이란다. 우리는 정류장에 짐을 맡기고 옥스퍼드가에서 아이스크림을 먹는다.

남은 하루는 쇼핑하고 먹고 로빈과 비키가 좋아하는 지하철 에스컬레이터를 끝없이 타며 보낸다.

---

● 런던 소호 지구에 있는 거리.
▲ 영국의 우등버스 브랜드.
■ 모자를 보관하거나 넣어 다닐 때 사용하는 원통 모양의 가방.

## 7월 25일

캐럴라인 콘캐넌이 전화하더니 오늘이 승합차를 부르기에 가장 좋은 날인데 혹시 당장 도티가로 이사해도 되느냐고 묻는다. 나는 승합차라는 말에 놀라서 이 집은 이미 가구가 갖춰져 있어서 남는 공간이 많지 않은데 몰랐냐고 묻는다. 알죠, 하고 그녀는 대꾸한다. 다 알죠. 그래도 자질구레한 세간이 한두 개 있는데 혹시 줄자를 가져와서 공간을 재봐도 괜찮다면 그러겠다고 한다. 이런 합당한 제안을 거절할 수 없어서 아이들에게 방에서 블록 쌓기를 하며 조용히 놀라고 이른다. 아이들은 고분고분 그러겠다고 하지만 얼마 안 가 부엌에서 크리켓 공을 갖고 전혀 조용하지 않게 노는 소리가 들린다.

곧 캐럴라인 콘캐넌이 도착해 급하게 집 안으로 들어온다. 그 작은 차가 그토록 빠르다니 놀라울 따름이다. 줄자는 보이지 않고 승합차가 오기로 했단다. 아니나 다를까 곧 승합차가 나타나더니 작은 검은색 옷장 하나와 꽤 많은 그림(몇 점은 매우 현대적이라 아이들이 자세히 보겠다고 고집 부리지 않았으면 하는 생각이 들지만 이건 바람직하지 않은 구시대적인 태도이리라), 의자 두 개, 적어도 열일곱 개쯤 되는 듯한 쿠션, 내 마음에 들지 않는 라피아 풋스툴,

그보다 훨씬 못마땅한 초록 눈의 강아지 인형, 포장 상자 두 개(도자기인가?), 수많은 잡동사니를 싼 것 같은 보라색 퀼트 천, 여행 가방 하나를 내려놓는다. 캐럴라인 콘캐넌은 여기에 책이 가득 들어 있다고 한다. 옷은요? 하고 묻자 그녀가 대답한다. 아, 옷은 조금 이따 짐과 함께 도착할 거예요.

어이가 없어서 아무것도 할 수가 없다. 캐럴라인 콘캐넌은 부산하게 돌아다니고 잠시 후 로빈과 비키도 부엌에서 나와 돌아다니기 시작한다. 조그만 남자가 나타나더니 물건들을 들고 비틀비틀 계단을 오르내리며 내게 어디에 놓을까 묻는다. 그럴 수밖에. 나는 최대한 희망을 버리지 않고 열심히 제안한다. 여기 놓으세요. **저쪽** 구석은 어떨까요? 어느새 내 물건들은 뗏목에 매달린 난파선의 생존자들처럼 응접실 한가운데 옹기종기 모여 있고 캐럴라인 콘캐넌의 세간과 짐이 벽마다 줄지어 늘어서 있다.

캐럴라인 콘캐넌은(아니, 캐럴라인은) 미안해하며 내가 원한다면 자기 물건을 다 치우겠다고 무모하게 제안하지만 마음에 없는 소리일 테니 못 들은 척한다. 12시쯤 되자 그녀는 불쑥 아이들에게 아이스크림을 먹자고 하더니 후다닥 어디론가 데려간다. 아이들을 데리고 나가 줘서 한편으로는 고맙지만 곧 점심시간이라는 생각에 부아가 나기도.

머뭇거리며 가구를 이리저리 옮긴 끝에 응접실 한가운데 길을 내는 데 성공한다. 한결 나아지긴 했지만 갈수록 모든 물건을 부엌으로 옮겨 놓고 있다는 느낌을 지울 수 없다. 캐럴라인도 똑같은 충동에 이끌렸는지 부엌에서 처음 보는 물건들이 눈에 띈다. 거꾸로 놓인 팔걸이의자와 쓰레기통 두 개(이건 가까운 미래에 많이 사용하게 될 듯), 커다란 냄비, 침대 시트로 보이는 동양풍 직물, 펼치면 어디에도 놓을 수 없을 것 같은 접이식 참나무 탁자 따위다.

점점 불안해지던 찰나에 다행히 전화벨이 울린다. 얼른 수화기를 들자 저편에서 로즈가 미국에 가져갈 옷은 다 준비했냐고 묻는다. 아니, 아직. 하루 이틀 뒤에 하려고. 로즈는 냉소적인 반응을 보이며 자기가 내일 오후에 예약을 잡아 놓겠다고 한다. 내가 시간을 낼 수 있도록 펠리시티 페어미드가 하루 동안 아이들을 봐주기로 했다고 하니 빠져나갈 길이 없을 것 같다. 나는 알겠다고 한다. 옷을 입어 보려면 위아래 짝이 맞는 속옷을 입어야 할 텐데 과연 찾을 수 있을지 모르겠다. 하지만 당장 입어 볼 일은 없지 않을까? 세탁물을 정리할 때 이 문제를 잊지 말자고 다짐하지만 전에도 그랬듯이 이번에도 실패할 게 분명하다.

캐럴라인 콘캐넌이 아이들을 데리고 돌아오자 모두 함께 라이언스 식당*에 가서 생선튀김과 감자튀김, 머랭 쿠키로 저렴하게 점심을 해결한다. 그러고 나자 캐럴라인 콘캐넌이 식구처럼 느껴진다. 아이들은 벌써 그녀의 이름을 부르며 편하게 대하고 있다.

내게는 무척 인상적이다. 아무래도 현대 여성은 괜한 비방에 시달리고 있는 것 같다. '익숙하지 않은 유형에 관한 선입견'을 주제로 짧고 흥미로운 글을 쓰면 어떨까? 이에 관해 몇 가지 적어 놓아야겠다고 막연하게 생각하지만 늘 그렇듯 치약부터 시작해 로빈과 비키에게 필요한 소소한 물건을 목록으로 정리하는 일에 밀린다.

의문 부모가 치약을 사줄 수 없거나 사주기 싫어하는 학생이 학교마다 넘쳐나서 다른 학생들의 치약을 나눠 쓰는 걸까? 그게 아니라면 왜 늘 로빈과 비키의 치약이 금방 떨어지는지 설명할 길이 없다.

---

● 당시 영국에서 식품 제조업과 요식업, 호텔 사업을 운영한 J. 라이언스사의 식당 체인.

## 8월 15일

언제나 그렇듯 방학은 아찔하리만치 빠르게 지나간다. 올해는 유난히 화창한 날이 많았다. 피크닉을 몇 번 다녀왔는데 한 번은 설탕을, 두 번은 소금을 깜빡했다. 바다 수영을 하려고 꽤 멀리 차를 타고 가기도 했지만, 막상 가면 너무 추워서 10분을 못 견디고 나왔다. 로빈은 테니스를 시작했다. 펠리시티 페어미드가 얼마간 우리 집에서 함께 지냈는데 언제나처럼 아이들이 무척 좋아했다. 피아노 연주를 다시 시작해서 우리가 청할 때마다 연주를 해준 덕분에 로버트는 더 좋아했다. 음악과 함께하는 저녁은 언제나 성공적이었지만 딱 한 번 내가 "종다리"●의 독창부를 불러 망쳐 놓았다. 다행히 "여명 속에서"▲는 꽤 차분하면서도 감동적으로 불렀다(내 생각이지만). 그러나 펠리시티는 증조할머니가 떠오른다고 했고 로버트는 기억나지 않는 누군가의 장송곡이 아니었냐고 묻는 바람에 나는 당분간 노래를 하지 않기로 결심했다.

    주말이 되자 캐럴라인 콘캐넌이 놀러와서 놀랍도록 생기 넘치는 모습을 보여 준다. 그런 모습을 보니 나는 정확히 언제부터 중

---

● 원제는 "Alouette".
▲ 원제는 "In the Gloaming".

년의 삶에 들어섰을까. 언제부터 과거를 돌아보며 애수에 젖었을까 싶다. 그녀는 오전 11시에 일대일로 테니스를 치자고 우기더니 내가 제대로 **한 방** 먹였다고 칭찬을 쏟아붓고는 곧바로 다 함께 차를 타고 가까운 제과점에 가서 아이스크림을 먹자고 한다. 아이들은 당연히 신이 났고 어느새 나도 오후에 물놀이를 하자는 제안과 그 밖의 여러 제안을 받아들였다.

그 덕분에 지금껏 놓을 수 없다고 생각한 집안일을 완전히 방치했고 답장할 편지와 수선할 옷이 쌓여 있으며 집 안에 싱싱한 꽃 한 송이 꽂아 놓지 못했다. 그런데도 큰일이 나지 않은 것을 보면 여태 중요하지 않은 일에 시간을 낭비했다는 결론을 내릴 수밖에.

런던 집은 어떠냐고 묻자 캐럴라인 콘캐넌은 가볍게 대꾸한다. 아주 지저분하다고 생각하시진 않을 거예요(그렇다면 나는 지저분하다고 느낄 게 분명하다). 얼마 전 부엌 수도꼭지에 새 와셔를 설치했어요. 이로써 그녀는 자기가 듬직하고 믿을 만한 세입자임을 확실하게 증명했다고 생각하는 것 같다. 그녀는 또 이렇게 말한다. 도터가에, 아니 더 정확히 말하면 바로 옆집에 새끼 고양이가 한 마리 생겼어요. 그리고 샹들리에를 청소해야 하는데 남자가 와야 할 수 있겠죠? 나는 집안일에 해당하는 수많은 일을 남자만 해결할 수 있다는 사실에 또 한 번 경악한다.

## 8월 31일

트레시더 부인에게서 꽤 강압적인 어조의 엽서가 왔다. 당장 홀랜드-아메리카 라인*에 편지를 써서 9월 30일에 출항하는 로테르담호를 예약하라는 것이다. 그러면 유명한 금융업자의 아내이자 자기 친구인 유쾌한 미국인과 함께 배를 타는 특권을 누릴 수 있다고 알아보기 힘든 글씨로 적혀 있다. 자세한 사항은 나중에 보낼 테니 조금도 지체해선 안 된다고 한다. 엽서를 읽고 나자 마음이 급해져서 홀랜드-아메리카 라인에 황급히 편지를 보낸다. 뒤늦게야 이런 의문이 든다. 내가 정말 알지도 못하는 유쾌한 미국인에게 동행의 짐이 되기를 원하는가? 더 궁금한 건 그랬을 때 그 여인이 내게 고마워할 이유가 있을까 하는 점이다. 그러나 어쨌든 해운사에서 답장이 오고 로버트는 안경을 쓰고 앉아 편지에 동봉된, 나로서는 전혀 이해할 수 없는 긴 정보를 들여다본다. 그 안에 들어 있는 수많은 정보 가운데 내가 알아낸 건 (내게는 아무런 의미도 없는) 배의 용적과 요금뿐이다. 그나마 요금이 생각보다 저렴해서 마음이 놓인다. 로버트는 시큰둥한 투로 이 정도면 그럭저

---

* 1873년 네덜란드에서 설립되어 주로 네덜란드와 북미 사이를 운항하다가 1989년 미국 카니발 코퍼레이션에 합병된 해운 및 여객선 회사.

력 괜찮은 것 같다고 한다. 비키는 어째서인지 내가 **꼭** 그 배를 타야 한다고, 다른 배는 절대 안 된다고 우긴다. 불현한 생각 비키는 커서 제2의 트레시더 부인이 되는 게 아닐까? 그런다고 해도 놀랍지 않을 듯.

트레시더 부인에게서 두 번째 엽서가 온다. 그 미국인 친구를 만났는데(어떻게?) 그녀는 나와 함께 여행한다는 생각에 몹시 기뻐했으며 원한다면 무엇이든 도와주겠다고 했단다. 내 요금을 내준다면 아주 큰 도움이 될 거라 답하고 싶지만 당연히 참는다. 엽서를 자세히 보니 곳곳에 글씨를 지운 흔적이 있고 오른쪽 귀퉁이에 뭔가가 적혀 있는데 한 글자도 알아볼 수가 없다. 로버트에게 얘기하자 그는 수하물에 관한 내용인 것 같다고 하는데 딱히 수긍할 수 없다. 때마침 모리스 댄스* 얘기를 하러 들른 우리 교구 목사님의 아내에게 물어본다. 그녀는 잠깐만요, 안경이 어디 있더라, 하더니 가방에서 이것저것 꺼냈다가 모조리 다시 넣고는 결국 자전거 바구니에 든 작은 케이스에서 안경을 꺼내 엽서를 1미터쯤 떨어뜨리고 살펴본다.

---

* 영국 민속 무용의 하나.

그러더니 기껏 한다는 소리, 도무지 모르겠네요. 목사님 아내는 자기가 늘 얘기하지 않았냐면서 앞으로도 늘 얘기할 테지만 공부를 많이 해봐야 다 소용없고 바느질이나 배우는 게 훨씬 낫다고 한다. 목사님도 그런다니까요. 유치원에서 옛날 방식으로 구구단을 가르쳐야 한다고 말예요.

우리는 그건 그렇다고 하고는 계속해서 추수절 축제와 체셔의 가뭄, 체셔에서 강낭콩 농사를 짓다가 실의에 빠진 교구 목사님의 결혼한 여동생, 윔블던의 테니스 경기, 말똥가리가 희귀해지는 현상 등으로 화제를 옮겨 간다.

몇 시간 뒤 로빈이 트레시더 부인의 엽서를 집어 들더니 처음부터 끝까지 소리 내어 읽는다. 미국에 가져가는 모든 것, 특히 새 옷에 관세를 내야 한다는 추신도 빼놓지 않는다. 로빈의 낭독 실력에 감동한 나머지 사람들 앞에서 엽서를 읽는 건 바람직하지 않다는 점을 가르치지 못했다. 아이가 잠자리에 들고 한참 지나서야 떠오른다.

모든 옷에 관세를 내야 한다는 생각에 한동안 잠을 이루지 못하고 로즈의 친구인 차세대 몰리눅스와의 약속을 취소할까 고민한다. 체면상 그럴 수는 없을 것 같다.

**9월 1일**

이웃에 사는 블렌킨솝 노부인의 딸 바버라 커루더스가 결혼해서 인도로 떠났다가 아기를 데리고 왔다는 소식을 듣고 찾아간다. 꽤 많은 사람이 모여 있다. 여자 여덟 명과 지역 의사의 조카라는 젊은 남자가 있다. 이 청년은 한마디도 하지 않고 아주 예의 바르게 차를 돌린 뒤 내게 롤빵이 담긴 접시를 적어도 다섯 번 권한다.

바버라는 변한 것이 거의 없고 인도에 관해 할 얘기가 많은 것 같다. 식사와 무더운 날씨, 언덕 등이 화제로 오른다. 우리는 모두 인상적으로 듣다가 남편의 안부를 물어본다. 남편은 잘 있는데 일을 너무 열심히 해요. 지나치게 열심히 한다니까요. 저러다 죽는 게 아닐까 싶어서 그이한테도 그렇게 얘기한답니다.

그녀의 남편 크로스비 커루더스가 죽는다는 얘기에 잠시 분위기가 어두워지지만 바닥을 기어다니는 아기 덕분에 금세 다시 환해진다. 사람들은 아이가 아빠를 닮았다고 한다. 그 말에 블렌킨솝 노부인이 벌컥 반박하고 나선다. 이 귀여운 아기는 자기 어릴 때 모습을 쏙 빼닮았다며 자기가 네 살 때의 초상화를 가져오라고 하는 것이다. 초상화라고 해봐야 새하얀 배경에 목걸이를 한 곱슬머리 아이의 새까만 옆모습 윤곽에 불과하다. 우리는 모두 한목소리로 말한다. 어머, 정말 그렇네요. 무슨 말씀인지 알겠어요.

때마침 아기가 울음을 터트리자(어떤 인과 관계가 있는 걸까?) 바버라는 아기를 어디론가 데려간다.

블렌킨솝 노부인은 우리에게 저 애들이 와서 얼마나 기쁜지 모른다고 한다. 그래서 위층을 통째로 내주고 일하는 사람도 한 명 더 구했다니까요. 물론 아이에게 필요한 건 뭐든 다 해줘야 하니 이 작은 집이 발칵 뒤집어졌지만 그런 게 뭐 중요한가요. 나야 이제 늙었고 곧 죽을 몸이니 가족이 잘 살고 행복하면 그걸로 됐죠. 그것 말고 중요한 게 있겠어요?

그녀의 넋두리에 모두가 처지는 것 같아서 내가 분위기를 바꿔 보려 미국 여행 얘기를 꺼낸다.

그러자 사람들은 저마다 정보를 내놓는다.

미국인들은 무척 친절하답니다.

미국인들은 워낙 손님 접대를 중시해서 죽을 만큼 노력한다니까요. (바버라의 남편처럼?)

미국인들은 영국인을 좋아해요.

미국인들은 영국인을 전혀 좋아하지 않아요.

시카고에서 총 없이 다니는 건 아주 위험하답니다. (내 경우에는 총을 갖고 나가는 게 훨씬 더 위험할 것 같다.)

무슨 일이 있어도 할리우드에는 꼭 가야 해요. 와플도 먹어야죠. 야구 경기도 봐야 해요. 여성 클럽에서 점심을 먹어야 한답니다. 울워스 빌딩\* 꼭대기에 올라가 봐야죠. 백만장자 집에 초대되어 그들이 생활하는 모습도 봐야 해요.

미국의 술은 전부 메틸알코올이라 건드리기만 해도 죽거나 눈이 멀거나 미쳐 버릴 거예요.

미국인들은 워낙 손님 접대를 중시해서 술을 권할 때 거절하기가 너무도 어렵답니다.

나는 얼른 집에 가서 로버트에게 미국 방문을 취소할지 상의하기로 마음먹는다.

## 9월 7일

미국에서 전갈이 왔다. 나는 뉴욕의 에식스 하우스▲에 묵을 예정

---

- 1913년 뉴욕 맨해튼에 지어진 뒤 1930년까지 세계에서 가장 높은 건물이었다.
- ▲ 1931년에 지어진 맨해튼의 고급 호텔 JW 메리어트 에식스 하우스를 말한다.

이란다. 왜 에식스라는 이름을 붙였을까? 좀 더 미국적인 이름이면 좋을 텐데. 앨라배마 하우스나 코네티컷 하우스라고 할 수는 없었나? 그래도 동봉한 자료를 보니 위안이 된다. 멋진 초고층 건물의 사진이 들어 있고 원한다면 페르시아 커피숍에서 에스코피에 학교 출신의 프랑스인 요리사가 만든 식사도 할 수 있다.

영국의 차세대 몰리눅스가 옷을 몇 벌 보냈는데 붉은색 꽃무늬 실크 드레스가 너무도 아름답다. 안타깝게도 연단에 몇 차례 올라야 할 텐데, 부디 이 옷이 자신감을 심어 주길. 등이 파인 매력적인 미색 야회복 드레스도 함께 보냈다. 목사님 아내에게 붉은 실크 드레스를 보여 주자 무척 아름답다고 한다. 등이 파인 야회복 드레스는 보여 주지 않는다.

**9월 20일**

전혀 모르는 사람에게서 편지가 왔다. 서명을 살펴보니 엘라 B. 치크하이드라는 특이한 이름이다. 대단히 안타깝게도 로테르담호의 출항이 취소되어 10월 7일 스타텐담호를 타야 하는데 우리가 서두른다면 그 **전**에 출발할 수도 있으며 그렇다면 내일모레

출항하는 배를 타야 할 텐데 그럴 생각이 있는지 전보로 알려 달라는 내용이다. 너무도 혼란스럽다. 어쩐지 로버트는 내 잘못이라고 생각할 것 같다. 아니나 다를까 그는 나를 탓하며 여자들은 무얼 하나 결정하면 5분도 안 되어 마음을 바꾼다는 말도 덧붙인다. 억울하기 이를 데 없지만 어쨌든 죄인이 된 기분이다. 로버트는 엘라 B. 치크하이드가 누구인지도 유추해 준다. 그야, 웨일스로 자동차 여행을 가다가 우리 집에 들러 한참 수다를 떤 그 여자의 친구가 아니겠냐면서. 나는 그제야 트레시더 부인을 떠올리고는 엘라 B. 치크하이드에게 스타텐담호를 타고 싶다고 전보를 친다.

그 뒤로 남은 하루는 여느 방학의 마지막 날과 비슷하게 흘러간다. 부지런히 짐을 싸면서 아이들에게 중간중간 《반대로》●를 읽어 주거나 함께 코린트 바가텔▲을 하고, 마을에 가서 과자를 사 먹으라고 내보내기도 한다. 비키가 방학 내내 눈곱만큼도 신경 쓰지 않다가 갑자기 목을 매기 시작한 방학 숙제도 도와준다.

---

● 원제는 《Vice Versa》. 아버지와 아들이 뒤바뀌는 설정의 영국 판타지 소설.
▲ 19세기 말부터 유럽에서 인기를 끈 핀볼 게임의 일종.

**9월 21일**

아이들을 런던으로 데려가 모두가 이별한다. 비키가 워털루역 승강장에 커다란 사탕 병을 떨어뜨리는 바람에 유리 조각과 사탕이 사방으로 흩어지지만 다정한 짐꾼이 달려오더니 자기가 해결해주겠다면서 울지 말라고 토닥인다. 그는 새까만 손으로 유리 파편 속에서 부지런히 사탕을 골라내 뜯어낸 신문지에 놓는다. 나는 그에게 1플로린을 건넨다. 외투 주머니에 사탕이 담긴 신문지 꾸러미를 쑤셔 넣고 떠나는 비키를 말리고 싶지만 도저히 그럴 수가 없다.

로빈과 나는 채링크로스로 향하는데, 로빈이 긴 침묵을 깨고 불쑥 말한다. 엄마가 여기 마중 나온 게 방금 전인 것 같은데 벌써 헤어져야 하네요. 나는 감정이 벅차올라 아무 말도 하지 못한다. 우리는 한마디도 없이 학교 전용 기차가 있는 6번 승강장으로 걸어간다. 언제나처럼 부모들과 아이들로 북적거리는 승강장에서 챙 넓은 회색 모자 때문에 얼굴이 잘 보이지 않는 작은 소년이 왔다 갔다 한다. 내가 새로 온 학생 같다고 하자 로빈은 아니라고, **꽤** 오래된 학생이라고 말장난을 하며 재미있어한다.

내 실수 덕분에 평소보다 조금 가벼운 분위기로 이별한 뒤 나는 얼른 슬픔을 잊으려 샴푸 서비스와 머리 손질을 받고 도티가로 향한다. 나를 위해 꽃을 풍성하게 꽂아 놓고 기다리는 캐럴라인에게 감동해서 집 안 전체를 집어삼켜 버린 기이한 무질서 상태를 용서한다. 게다가 캐럴라인 콘캐넌은 너무도 상냥하고 다정하다. 내가 욕실에 있는 작은 초록색 모자와 유리 꽃병 두 개, 냄비를 치우면 좋겠다고 하자 얼른 사과하며 순순히 치운다.

**9월 25일**

뉴욕 출판사와 관계를 맺고 있는 젊고 유명한 출판업자로부터 저명 인사들의 만찬에 초대를 받았다. 언제나처럼 무얼 입고 가나 오랫동안 갈등하며 저녁 시간을 보낸다. 캐럴라인 콘캐넌은 미국에 가져가려고 산 등이 파인 새 드레스를 입으라고 한다. 하지만 그러면 어쩐지 재수가 없을 거라는 미신적인 생각이 들어서 결국 아주 오래된 파란색 드레스와 비교적 새것인 흑백 줄무늬 드레스 사이에서 미친 듯이 고민한다. 캐럴라인은 내내 옆에서 함께 고민하다가 7시가 되자 갑자기 셰리 파티에 가야 하는데 깜빡했다고 소리치며 서둘러 달려 나간다.

(캐럴라인과 나 사이에 엄청난 세대 차이가 난다는 사실을 깨닫고 충격에 휩싸인다. 캐럴라인 나이에는, 아니, 사실 나이가 어떻든 셰리 파티는 고사하고 다과 모임이라도 잊으면 안 되지 않나? 하지만 지금은 이런 철학적이고 자성적인 문제에 탐닉할 시간이 없다.)

평소처럼 베이비 오스틴이 문 앞에 서 있다. 캐럴라인 콘캐넌이 올라타더니 길포드가로 쏜살같이 사라진다. 혼자가 된 나는 결국 흑백 줄무늬 드레스를 입는다. 검정 야회용 구두가 시골집에 있다는 사실을 깨닫고 잠시 당황하다가 회색 양단 구두가 여기 있다는 사실을 떠올리고 안도한다. 회색 실크 스타킹도 수선해야 하지만 구멍 난 부분이 무릎 위쪽이니 괜찮을 것이다. 그러다 결국 지각하고 만다. 현대적인 거라고 생각하려 하지만 그저 예의 없는 행동이 아닐까?

도착해 보니 모두 와 있다. 런던 햄스테드 시절에 알고 지낸 저명한 예술가를 보고 반가움이 앞서지만, 그 사람은 만찬이 시작되기 전부터 즐기기 시작한 모양이다. 내 자리는 유명한 문필가 옆이다. 게다가 나를 포함해 여성 99퍼센트가 수년 동안 사랑한 배우도 있다. (만찬이 끝나기 한참 전에 이미 내 상사병은 한층 악화된다.)

만찬은 처음부터 끝까지 성공적이고 모두가 내게 미국 여행이 즐겁기를 바란다고 빌어 준다. 너무 감동해서 눈물이 쏟아질 것 같다. 부디 샴페인 때문은 아니길. 어쨌든 빨간 코와 얼룩덜룩한 얼굴은 누구에게도 매력적으로 보이지 않는다는 사실을 늦지 않게 떠올리고 울음을 참는다. (소설에서 자주 나오는 장면과 현실의 상황이 얼마나 다른지 또 한 번 생각하게 된다.)

새벽 1시쯤 저명한 예술가와 눈에 띄게 예쁜 다이너라는 여자가 집까지 데려다준다. 침실에서 아무것도 모른 채 자고 있을 캐럴라인 콘캐넌을 깨우지 않으려고 살금살금 응접실 소파 베드로 들어간다.

막 잠이 들려는 찰나, 건물 현관이 쾅 닫히는 소리가 나더니 누군가가 서둘러 계단을 올라온다. 도둑이 틀림없다. 하지만 저렇게 요란한 도둑이라면 초짜인 것 같으니 내가 해치울 수 있을지도 모른다. 그때 침실 문틈으로 새어 나오는 불빛과 숨죽인 소리로 흥겹게 부르는 "폭풍의 계절"*이 답을 내준다. 캐럴라인 콘캐넌이 늦게까지 셰리 파티를 즐기다 돌아온 것이다. 요즘 젊은이들은 참 즐겁게 산다는 점을 보여 주는 참신한 증거에 감탄하며 다시 잠에 빠진다.

---

● 원제는 "Stormy Weather".

## 10월 1일

어제 집에 돌아오고부터 미국에 갈 수 없을 것 같고 가더라도 살아 돌아오지 못할 가능성이 높으며 어쨌든 내가 없으면 집이 엉망진창이 될 거라는 느낌이 강하게 들기 시작했다. 이 불길한 생각을 남편에게 살짝 털어놓자 그는 이렇게 반박한다. ⓐ 이제 와서 여행을 취소하면 많은 돈이 낭비된다. ⓑ 길을 건널 때 어느 쪽을 봐야 하는지 잊지만 않으면 괜찮을 거다. ⓒ 모르긴 해도 요리사와 플로렌스가 집안을 잘 관리할 거다. 아이들에게 무슨 일이 생기면 바로 전보를 칠 거냐고 과감하게 묻자 그는 물론이라고 하더니 하인들의 급여는 어떻게 정리하고 있냐고 묻는다. 저녁 내내 집안 관리에 대해 이것저것 논의하다가 그의 동생 윌리엄의 전화를 받는다. 사우샘프턴에서 나를 배웅하고 싶다고 한다. 나는 무척 고마워한다. 그의 아내 앤젤라 얘기는 왜 없는지 묻고 싶지만 눈치껏 참는다.

**10월 7일**

길고 정신없는 하루. 결국 스타텐담호에 타긴 했지만 여기까지 어떻게 왔는지 모르겠다. 짐을 다 싸고 나서 수표책과 옷솔은 24시간 후에도 필요하다는 사실을 깨닫고 풀었다가 다시 싸느라 정신이 하나도 없었다. 게다가 수많은 목록과 메모를 끊임없이 확인하고 결국 워털루역에서 짐과 함께 배편과 연결되는 임항 열차를 탔다. 짐은 총 여섯 개인데, 이 정도면 그리 많은 편은 아닐 것이다.

고맙게도 캐럴라인 콘캐넌이 사우샘프턴까지 함께 가주겠다고 해서 받아들였고 뜻밖에도 반가운 펠리시티 페어미드가 워털루역에 나타났다. 내가 일등석을 타고 가다니 놀랍지 않냐고 묻자 그녀는 전혀 아니라고 한다. 그녀의 대답에 오히려 내가 놀라지만 칭찬으로 받아들이기로 한다.

캐럴라인 콘캐넌과 나는 우리만 쓰는 전용 객차에 오르는데, 기관차를 바라보는 쪽 창가 자리에 H. 프레스라는 사람이 앉게 된다는 표시가 창문에 붙어 있다. 우리는 이 H. 프레스라는 사람이 몹시 까다로우며 틀림없이 나이도 아주 많을 거라고 결론을 내린다. 캐럴라인은 확신에 찬 말투로 몸이 불편할 거라고 덧붙인다. 그렇다면 우리는 짐을 모두 위로 올려서 그 사람이 발을 올려놓고 갈 수 있도록 객차 한쪽을 비워 놓아야 한다. 펠리시티가 혹시 휠체어를 탄 건 아닐까 묻지만 우리는 괜히 넘겨짚지 말자고 일축한다. 결국 이 모든 노력에도 H. 프레스는 끝내 나타나지 않는다. 열차가 출발하자 우리 셋은 무한한 걱정에 휩싸인다.

    사우샘프턴에 도착하자 제각기 데번과 윌트셔에서 차를 몰고 온 로버트와 윌리엄이 우리를 데리고 부속선에 올라탄다. 부속선 좌석은 말할 수 없이 딱딱하고 바람도 거세게 분다. 로버트가 집에서 내 앞으로 온 편지들을 가져왔다. 그중 하나는 우리 교구 목사님 아내의 편지다. 나의 무탈한 여행을 한없이 다정하게 기원한 뒤 혹시 나이아가라 폭포 사진을 구해서 보내 준다면 아이들에게 자연의 경이를 설명할 때 도움이 될 거라고 덧붙였다. 나머지는 대부분 청구서다. 화가 치밀어 로버트에게 쏘아붙인다. 내가 미국에 가서 이 청구서들을 다 해결할 테니(물론 진심은 아니지만) 걱정하지 말라고. 그런 뒤 우리는 함께 탄 승객들을 둘러보며 호의적이지 않은 논평을 늘어놓는다. 마침내 부속선이 출발하자 바람이 더 거세진다. 이따금 작은 증기선이 보이는데, 그때마다 캐럴라인이 흥분하며 말한다. 저 배인가 봐! 굴뚝 네 개가 달린 거대한 배가 시야에 들어오자 이번에는 내가 소리친다. 저 배인가 봐! 언제나 그렇듯 틀렸다. 한참 지나서야 스타텐담호가 도착하고, 우리는 엄청난 규모에 모두 기겁한다. 물론, 로버트는 빼고 말이다.

배에 오르자 로버트가 모든 일을 도맡아 처리한다. 내가 얼이 빠져 있으니 그럴 수밖에. 그는 우리를 89호 객실로 안내하더니 어떻게 했는지 내 짐을 금세 챙겨 와서는 부속선이 떠나자마자 저녁을 먹고 짐을 풀라고 한다(좀 불길한 조언이 아닐까?). 그런 뒤 그는 이 배에 몇 년 동안 매일 출근한 사람처럼 식당이 어디 있는지도 직접 안내해 준다.

다시 그의 안내를 받아 객실로 돌아가자 윌리엄이 캐럴라인에게 자기 인생 이야기를 조용히 들려주고 있다. 로버트는 승무원을 불러 샴페인 한 병을 주문한 뒤 내 건강을 위해 건배한다.

나는 감동한 나머지 로버트에게 당장 일정을 바꿔 나와 함께 미국에 가자고 애원할까 하는 무모한 고민에 빠진다. 그러나 요란한 종소리가 극적으로 울려 퍼지며 부속선의 출발이 임박했음을 알리자 그럴 수도 없는 상황이 된다. 이제 정말 작별의 시간이 왔다. 관계자들이 로버트와 윌리엄, 캐럴라인에게 머리를 조심하라고 하며 나가는 길을 안내한다. 나는 세 사람과 황급히 작별 인사를 한다. 어쩐지 두 번 다시 그들을 볼 수 없을 것 같다. 완전히 혼자가 된 듯한 느낌에 아주 잠깐 눈물을 흘린 것 같은데 정신을 차려 보니 수많은 사람과 흰색 상의를 입은 승무원들, 거대한 야자나무 화분들에 에워싸여 있다.

별수 없이 로버트가 조언한 대로 식당에 간다. 옆에 앉은 덩치 큰 미국인 노부인이 여덟 가지 코스 만찬을 꾸준히 해치우면서 자기는 엄격하게 식단 관리를 하고 있다고 설명한다. 또 자기 객실이 너무도 형편없다고 한다. 배에 발을 들이는 순간 이 안의 모든 것을 혐오하게 될 줄 알았다나. 자기는 그런 사람이란다. 딱 2분 만에 자신이 있는 곳을 좋아할지 싫어할지 알 수 있다면서 나도 똑같냐고 묻는다. 나는 딱 1분이면 내가 있는 곳뿐 아니라 그 안에 있는 사람들까지 좋아할지 싫어할지 알 수 있다고 대답하고 싶지만, 그녀가 말할 기회조차 주지 않아서 다른 많은 **명언**처럼 속으로 삭인다.

저녁을 한참 먹고 있는데 까맣게 잊었던 트레시더 부인의 친구가 다가오더니 자신을 소개한다. 이름은 엘라 윌라이트이고 다정한 사람인 것 같다. 편지를 보낸 사람은 치크하이드였는데 착오가 있었던 모양이다. 엘라 윌라이트는 시카고에서 온 자매 부부를 소개하고는 런던에서 나를 만난 적이 있는 미국인 문인도 이 배에 타고 있다고 한다. 저희 테이블로 가서 함께 식사하시면 어떨까요? 하지만 정말 솔직하게 대답하셔야 해요. 나는 정말 솔직하게 그러고 싶다고 대답한다. 하지만 정말 솔직하게 그러고 싶지 않아서 반대로 대답했다면 어떤 일이 벌어졌을지 궁금하다.

내가 떠나려 하자 미국인 노부인은 조금 서운한 듯 퉁명스럽게 말한다. 친구들을 찾았으니 참 잘됐네요. 그래도 내 객실에 올 거죠? 이번에는 정말 솔직하게 대답하라고 하지 않았으니 편안한 마음으로 그러겠다고 한다. 예의를 갖춰 최대한 빨리 자리를 옮기려는 순간, 문에 붙은 이름이 보인다. 'H. 프레스.' 펠리시티와 캐럴라인에게 잊지 않고 편지를 쓰자고 다짐한다.

**10월 9일**

이제 내 객실이 너무도 익숙해졌다. 험한 날씨 탓에 이 안에 계속 누워 지냈기 때문이다. 과연 살아서 영국은 고사하고 미국이나 볼 수 있을지 모르겠다.

**10월 11일**

극심한 고통의 상태에서 차츰 빠져나오는 중이다. 로즈가 준 새 멀미약이 지금 나의 생존에 도움이 되는지는 알 길이 없지만, 어쨌든 나는 살아 있다.

    그저 똑바로 누운 채 책을 읽거나 잠이라도 자기를 바라지만 둘 다 불가능하다. 시간을 때우기 위해 시라도 떠올려 보지만 '슬픔을 더하는 슬픔의 절정은 행복했던 일들을 떠올리는 것', '세월은 계속 흘러가리' 같은 우울한 구절만 번갈아 떠오른다. 로버트와 아이들 사진을 꺼내 보지만 이 역시 현명한 선택이 아니었다. 울음이 터지면서 대체 왜 떠나왔을까 하는 후회만 들 뿐이다. 내가 죽어서 바다에 수장되거나, 내가 없는 탓에 로빈이 치명적인 사고를 당하고 비키는 위험한 병에 걸리며 로버트는 자살했다는 소식을 듣게 되는 상상을 여러 번 하고서야 저녁이 온다. 끝이 없을 것 같은 하루가 우울하게 저물자 다시 뱃멀미가 시작된다.

**10월 12일**

기분이 한결 나아졌다. 자리를 털고 일어나 갑판에 앉아 점심으로 사과를 베어 먹고 있다. 어쩌면 살아서 미국을 볼 수도 있을 것 같다. 이보다 훨씬 열악한 조건에서 나와 비슷한 여정을 소화

했을 크리스토퍼 콜럼버스를 떠올리며 무한한 존경을 느낀다.

엘라 윌라이트가 와서 다정하게 말을 건다. 엷은 황록색 드레스와 아주 세련된 망토 차림의 모습이 무척 화사해 보인다. 우리는 트레시더 부인에 대해 얘기를 나눈다. 엘라 윌라이트는 그녀를 '사랑스러운 것'이라 부르는데, 마지못해 묵인할 뿐 전혀 어울리지 않는 호칭인 것 같다. 우리 둘 다 그 집 아들이 그리 건강해 보이지 않는다고 입을 모은다. (그 아이를 본 사람은 누구든 이것 말고는 달리 할 얘기가 없는 것 같다. 그 애는 이런 부정적인 평판을 평생 견뎌야 하는 운명일까?)

차 마실 시간이 되지 않았나 생각하다가 이 배의 모든 시계가 내 시계와 다르다는 것을 깨닫는다. 갑판 승무원은 매일 밤 한 시간씩 느려진다고 한다. 나는 이미 알고 있는 사실을 잠시 잊은 척하지만 사실은 무척 놀라고 있다. 로버트가 있다면 왜 그런지 설명해 줄 텐데.

시간은 더디게 가지만 그리 지루하지 않다. 게다가 런던에서 한 번 만난 적이 있는 미국인 문인이 뉴욕에 있는 영국인 작가들 얘기를 생생하게 들려준다. 듣자 하니 인기 작가들은 하루에 두세 번 칵테일파티에 초대받지만 인기 없는 작가들은 미국을 떠날 수밖에 없는 것 같다.

## 10월 14일

드디어 미국에 도착했다. 저녁 7시쯤 자유의 여신상이 눈부시게 빛을 발하며 나를 맞아 준다. 항구로 들어서는 길은 놀랍도록 아름답고 고층 건물들도 듣던 대로 인상적이며 훨씬 더 장식적이다.

상갑판에서 풍경을 보며 감탄하고 있는데 낯선 젊은 여자 둘이 갑자기 나타나더니(혹시 바다에서 올라왔나? 비너스처럼?) 카메라를 든 청년과 함께 다가와 미국과 미국 여성, 현대 미국 소설을 어떻게 생각하는지 들려달라고 한다. 청년은 내 사진을 찍고 싶다고 한다. 어쩐지 영화배우가 된 것 같지만 안타깝게도 내 꼴은 이런 환상에 어울리지 않는다. 어쨌든 나는 항해 내내 한번도 발을 딛지 않은 계단을 반쯤 내려가 편안한 자세로 포즈를 잡는다.

다른 승객들과 작별 인사를 나눈다. 이제 많이 가까워져서 이름을 부르는 사이가 된 미국인 문인 아서는 친절하게도 가족과 함께 사는 시카고 집으로 나를 초대하며 세계 박람회*를 구경시켜 주겠다고 한다. 엘라 월라이트도 다정하게 내게 카드를 건네지만 관세 문제로 정신이 없어 보인다. 그도 그럴 것이, 그녀의 말에

---

* 1933년 시카고 설립 100주년을 맞아 '진보의 세기(Century of Progress)'라는 이름으로 개최된 국제 박람회.

따르면 유럽에서 구매한 물품 가운데 신고한 것이 200달러어치, 신고하지 않은 것이 500달러어치에 달한다.

　미국 출판사 사람이 부두로 마중 나와 반갑게 나를 맞아 주고 우리는 함께 벤치에 앉아 두 시간쯤 기다린다. 짐에 에워싸여 있지만 내 짐은 하나도 없는 것 같다. 그런데 어느새 내 짐이 마법처럼 나타나고 출판사 사람은 세관 통과를 도와준 뒤 마침내 에식스 하우스까지 직접 데려다준다. 도착한 지 한 시간도 안 돼서 환대 인사와 초대 전화를 다섯 통이나 받는다. (엘라 윌라이트에게서는 소식이 없어서 혹시 체포된 게 아닐까 걱정된다.)

　이 모든 상황과 16층 객실에서 보이는 전망에 놀라며 감탄하지만 여전히 아이들 사진만 보면 마음이 몹시 흔들린다.

## 10월 16일

그동안 내가 미국의 환대에 대해 읽거나 들은 얘기는 오히려 과소평가였다는 결론을 내린다. 9시부터 끊임없이 전화벨이 울리며 초대가 쏟아지고 전혀 모르는 사람이 전화해 내 책을 잘 읽었다며 밤이든 낮이든 언제고 내가 원할 때 기꺼이 파티를 열어 주겠다고 제안한다. 이런 상황에 어안이 벙벙하지만 고국 사람들에게 흡족하게 얘기할 거리가 생겼고 미국에서 전업 작가들이 어떤 대우를 받는지도 알 것 같다.

(다시 생각해 보니 내가 우리 이웃들을 제대로 아는 게 맞다면 그들은 이런 얘기를 듣고도 차분하게 미국인들은 원래 그렇다고 대꾸할 것이다.)

기자들과 다섯 차례 인터뷰를 하는데, 그중 한 청년은 무척 피곤한지 딱히 말을 하지 않고 소파에 늘어져 있다. 나 역시 어쩔 줄 몰라 하며 괴로운 침묵이 길게 이어진다. 마침내 그가 입을 열더니 존 드링크워터●도 인터뷰하기 어려웠다고 한다. 그렇게 유명한 작가와 같은 부류로 묶인다는 사실에 잠시 뿌듯한 기분이 들지만, 뒤이어 기자가 J. D. 샐린저와는 1시간 15분 동안 얘기를 나눴다고 하자 김이 샌다. 나는 도저히 그럴 수 없어서 인터뷰가 우울하게 끝난다. 다행히 그다음에 나타난 석간지 기자는 동료보다 훨씬 나은 것 같다.

뒤이어 여기자 세 명을 만나는데 모두 외모가 빼어나고 옷차림도 훌륭해서 기가 죽는다. 세 사람 모두 미국 여성을 어떻게 생

---

● 영국의 시인 겸 극작가.

각하는지, 제임스 브랜치 캐벌*의 작품을 읽었는지(읽지 않았다), 한가한 상류층 여성의 문제를 어떻게 생각하는지 묻는다. 최대한 유창하게 답하려 애쓰면서 내가 한가한 여성들이 무얼 해야 하는지 진지하게 생각해 보지 않았다는 사실을 깨닫는다. 영국에서 한가한 여성의 문제는 딱 하나, 그런 여성이 왜 그렇게 많은가 하는 것이니까.

저명한 출판업자와 화려하게 꾸민 그의 아내, 어린 두 아들과 함께 점심을 먹는다. 그들이 검정 벨벳 소파와 간접 조명, 사선 모양의 유리 탁자 세 개만 달랑 놓인 아파트에 살고 있다는 사실이 내게는 전혀 놀랍지 않은데, 알고 보니 이 집은 미국의 전형적인 집과 **딴판**이며 그들도 나만큼이나 그런 전형적인 집이 신기하다고 여기는 것 같다. 식사 자리에서 어린 두 아들은 천사처럼 착하게 행동하고(미국 아이들은 버릇없다는 소문을 들었는데 귀국하면 이 얘기를 꼭 들려줘야겠다) 우리는 실내 장식과(식당의 벽면 네 개가 제각기 다른 색으로 칠해져 있으므로) 책, 항해를 화제로 삼는다. 큰아이가 대화에 불쑥 끼어들더니 자기는 영국 소시지를 무척 좋아한다고 한다. 진짜예요! 나는 이 말을 나에 대한 칭찬으로 받아들인

---

* 판타지 소설로 유명한 미국 소설가.

다. 이윽고 아이는 다시 침묵에 빠진다. 아이의 놀라운 사고 능력에 깊이 감탄하며 로빈이나 비키는 그런 적이 있었나 생각해 본다.

오후에 또다시 인터뷰를 몇 차례 하고 저녁에는 엘라 윌라이트를 따라 파티에 참석한다. 이번에도 그녀는 처음 보는 옷을 입고 나타난다. 식사할 때 내 옆자리에 앉은 노신사는 글래드스턴\* 처럼 옷깃을 빳빳하게 세웠다. 그는 조금 무뚝뚝한 투로 내게 세상이 너무 많이 변했으며(그야 나도 이미 아는 사실인데) 뉴욕에는 사교계라는 것이 이제 남아 있지 않다고 한탄한다. 이런 자리에서 그런 얘기를 하다니 예의 없고 배은망덕한 것 같아서 동조하지 않는다. 노신사는 내가 동조하든 말든 개의치 않고 계속해서 어떤 클럽도 유대인을 회원으로 받지 않는다고 떠든다. (그게 사실이라면 클럽들도 잘한다고 말할 수는 없을 듯.) 듣자 하니 유대인이 거부당하듯이 그의 집에도 칵테일과 라디오, 축음기, 현대적인 젊은이를 들이지 않는 것 같다. 뭔가 따끔한 말을 해주고 싶지만 어차피 그는 듣지 않을 테니 그저 아주 흥미롭다고 대꾸한다. 물론, 진심은 아니다.

엘라 윌라이트가 호텔까지 태워다 준다. 그녀는 운전이 꽤 능

---

* 19세기에 영국 총리직을 4차례 역임한 윌리엄 글래드스턴은 셔츠 깃을 빳빳하게 세우고 다니는 것으로 유명했다.

숙하지만 한번은 경찰이 라이트 켜세요! 하고 소리친다.

엘라는 다정하게 우리 집 얘기를 들려달라고 하더니 곧장 자기 집 얘기를 한참 떠든다. 오찬 두 번과 다과 모임에도 나를 초대하고 일요일은 롱아일랜드*에서 자기와 함께 시간을 보내자고 한다.

점점 친숙해지는 호텔 방으로 돌아와 로버트에게 긴 편지를 쓰자 또다시 향수가 나를 덮친다.

**10월 17일**

출판사에서 앞으로 나의 활동에 관한 회의가 열린다. 나는 적극적으로 의견을 내기보다는 수동적으로 받아들이는 입장이다. 이름 있는 강연 에이전시의 대표가 참석해서 상황이 더 좋았더라면, 즉 ⓐ 내가 온다는 것을 더 일찍 알았더라면, ⓑ 미국의 모든 클럽이 대공황의 여파에 시달리고 있지 않다면, ⓒ 내가 귀국을 석 달 더 연기할 수 있다면, 멋진 강연을 몇 차례 준비할 수 있었

---

* 뉴욕주 남동부의 섬.

을 거라고 한다.

⒜와 ⒝는 어쩔 수 없는 일이고 ⒞는 내가 절대 고려할 수 없다고 하자 우리는 교착 상태에 빠진다. 그러다가 에이전시 대표는 갑자기 누그러진 태도로 몇몇 장소를 말하며 그런 곳에서 내가 강연을 한두 번 할 수 있도록 초인적인 노력을 해보겠다고 한다. 그가 말하는 장소는 전부 18시간 이상 걸리는 곳인 것 같다. 나는 다 좋은데, 시카고에 있는 문인 친구 아서와 그의 가족, 그리고 세계 박람회를 보고 싶으니 그곳도 넣어 달라고 부탁한다.

이제 점점 익숙해지는 사교 행사도 이어진다. 러모너 허드먼이라는 거창한 이름의 친절하고 유능한 수호천사가 나를 안내한다. 그녀는 밴더빌트 호텔에서 열리는 이른바 "다과 모임"에 나를 데려가는데 막상 가보니 아주 독한 칵테일과 희한한 샌드위치가 준비되어 있다. 그곳에서 만난 유명한 문학 비평가 미스 이저벨 패터슨은 명성이 굉장하고 언변이 뛰어나서 한편으로는 완전히 매료되면서도 한편으로는 몹시 위축된다.

그녀는 내가 성공했다고 생각한 영국인 소설가 한두 명을 헐뜯지만 다행히 내 작품을 호평하며 나를 다시 만나길 바란다고 한다. 내가 시카고와 다른 여러 곳을 방문해 아마도 강연을 하게 될 거라고 하자 그녀는 바닥을 보며 말한다. 그럼 클럽 여자들을 만나시겠네요. 머리는 한껏 말아 올리고 드레스를 입은 위압적인 여자들 말예요.

그녀의 묘사에 아찔해져서 순회 강연을 취소할까 진지하게 고민한다.

이윽고 엘라 윌라이트가 합류한다. 이번에는 검은색 상하의를 맞춰 입고 헤어스타일도 바꿨다. 우리는 책 얘기를 나눈다. 내가 《플러시》\*만큼 재미있게 읽은 책은 없다고 하자 미스 패터슨은 책 한 권을 온통 개 얘기로 채우는 건 정신병자 같지 않냐는 말로 또 한 번 충격을 준다.

엘라 윌라이트가 에식스 호텔로 나를 데려다주면서 필요한 게 없냐고 친절하게 묻는다. 물론 있다. 나는 샴푸 서비스와 머리 손질을 받을 곳이 있는지, 있다면 영국보다 훨씬 비싼지 물어본다. 그러자 엘라는 자기 머리카락은 원래 곱슬거린다고 대꾸한다. 손질한 것도 아니고 그러려고 노력하지도 않았는데 그냥 그렇다는 것이다. 어릴 때부터 그랬다. 그래도 한 달에 한 번쯤 손질을 받으면 한결 나아져서 그렇게 한다. 미용사는 항상 그녀에게 머리카락이 자연스럽게 곱슬거려서 무얼 해도 괜찮다고 한단다.

---

● 원제는 《Flush》. 버지니아 울프의 소설.

그런 뒤 그녀는 잘 자라는 인사와 함께 나를 두고 간다. 나는 자연스럽게 곱슬거리지 **않는** 내 열등한 머리카락을 호텔 미용실에 맡기기로 한다.

**10월 23일**

엘라 월라이트와 함께 그녀가 오두막이라고 부르는 롱아일랜드의 멋진 시골집에서 굉장한 주말을 보낸다. 친절하게도 그녀는 나를 뉴욕에서부터 태우고 가지만 도로를 가득 메운 차량 행렬을 헤쳐 나가는 동안 내가 아닌 앞을 보고 갔더라면 내게도 훨씬 즐거운 여정이 되었을 것이다. 그녀는 내내 쾌활하게 떠든다. 이런 순간을, 그러니까 미국과 미국 여성에 대한 나의 솔직한 견해를 아무런 방해 없이 들을 수 있는 이 둘만의 시간을 얼마나 고대했는지 모른다고 한다. 내가 미국 남성에 대한 견해는 궁금하지 않냐고 묻자 딱히 호응하지 않는다. 그런 견해는 누구에게든 중요하지 않다고 여기는 것 같다.

그러더니 그녀는 지난해 런던에 있는 사보이 호텔에서 한 달을 보내며 영국에 대해 느낀 점을 들려준다. 전반적으로 좋은 인상을 받은 것 같다. 잠자코 있으면 그녀가 자기 얘기를 듣지 않는다고 생각할까 봐 이따금 무슨 말인지 안다고 대꾸하거나 적당히 그렇죠, 맞아요, 하며 호응해 준다.

우리는 점차 뉴욕을 뒤로하고 좀 더 시골 같은 지역으로 구불구불 들어간다. 밝은 금빛 나무와 이따금 보이는 붉은 나무가 감탄을 자아내지만 엘라는 여전히 혼자 떠들고 있다. 무슨 얘기인지 도무지 알 수 없고 그저 적당히 맞장구를 칠 뿐이다. 얼마 후 우리는 시골 저택에 도착한다. 문 앞에 커다란 자동차 석 대가 서 있다. 내가 다른 손님들이 왔나 보다고 하자 엘라가 말한다. 아니에요. 한 대는 내 거고 나머지 두 대는 찰리 거예요. 찰리는 남편일 거라고 넘겨짚는다. 자녀도 있는지 궁금하지만 얘기가 나온 적이 없고 딱히 물어보고 싶지도 않다.

집 안으로 들어가자 고상한 가구와 실내장식이 돋보인다. 크고 묵직하며 오래된 참나무 식탁 한 귀퉁이에 무심하게 똬리를 튼 커다란 호박 구슬 더미가 빛을 내며 시선을 사로잡는다. 나는 안내를 받아 장밋빛 카펫이 깔린 원형 계단을 오른다. (아이는 없거나 다른 계단을 쓰는 모양이다.)

엘라의 침실도 무척 인상적이다. 널찍한 거울이 있고 소파에는 조금씩 다른 빛깔의 자주색 쿠션이 열여덟 개쯤 놓여 있다. 욕실에 놓인, 연보라색 에나멜 뚜껑이 덮인 수많은 병도 세어 보고 싶지만 시간이 오래 걸릴 것 같다. 지금은 다소 망가진 내 꼴을 손보는 일이 더 시급하다. 파리에서 맞춘 듯한 하얀 양모 옷을 멋지게 차려입은 엘라와 겨룰 수는 없겠지만, 파우더와 립스틱으로 최선을 다한다. 내게 어울리지도 않는데 아무리 입어도 해지지 않는 파란 드레스를 입었다는 사실도 애써 잊어 본다. 모자를 벗는 편이 나을 것 같지만 막상 벗으니 머리가 영 별로라 도로 쓰고는 아래층으로 내려간다. 유리문을 열고 발코니로 나가자 이 집에 묵고 있는 손님들이 나타난다. 실크 방석을 깔고 앉은 모습이 미국 잡지에 묘사된 상류층의 생활상과 똑같다. 엘라가 나를 소개하자 모두가 예의를 갖추지만 곧 정적이 우리를 에워싼다.

마침내 흰 스웨터를 입은 청년이 용기 내서 내게 《앤서니 애드버스》*를 어떻게 생각하냐고 묻는다. 아직 못 읽었다고 하자 다시 대화가 끊어진다. 이윽고 내가 아름다운 나무들을 칭송하자 모두가 안도하며 동조하지만 그런 뒤에는 다시 정적이 흐른다.

엘라가 아주 차분한 투로 칵테일을 마셔야겠다고 한다. 칵테일이 제공되자 나도 함께 마시며 우리 교구 목사님 아내가 지금

---

* 원제는 《Anthony Adverse》. 미국 작가 휠러임 하비 앨런이 1933년에 발표한 3부작 소설로, 당시 평단과 대중에게 큰 호평을 받았다.

내 모습을 본다면 뭐라고 할까 생각해 본다. 그러다 보니 자연스레 텔레비전이 연상되고, 급기야 회색 플란넬 옷을 입은 옆자리의 빨간 머리 사내에게 묻는다. 텔레비전도 결국 우리 일상의 일부가 될까요? 그는 (당연히도) 놀란 듯하지만 정중하게 그럴 일은 없을 거라고 한다. 그런 뒤 내게 《앤서니 애드버스》를 읽었냐고 묻는다.

이윽고 찰리가 나타나고(그가 엘라의 남편이라고 내 멋대로 상상할 뿐 아무도 그렇다고 말해 주지 않는다) 우리는 모두 안으로 들어가 훌륭한 점심을 먹는다.

(미국 요리는 전반적으로 수준이 아주 높은 것 같다. 기껏해야 로스트비프와 요크셔푸딩이나 먹고 있을 로버트를 생각하자 서글퍼진다. 그러고 보니 시차 때문에 로스트비프와 요크셔푸딩은 과거에 먹었거나 미래에 먹게 될 테지만 둘 중 어느 쪽인지 모르겠다.)

오후에 테니스를 치자는 제안이 나오고, 엘라가 내게 맞는 테니스 슈즈를 찾을 수 있을 거라고 하지만 과연 그럴까 싶다. 다른 여자들은 모두 240밀리미터인 것 같은데 내 발은 250밀리미터다. 게다가 내 파란 드레스도 테니스를 치기에는 적합하지 않아서 나는 그냥 구경하겠다고 한다. 모두 테니스 실력이 뛰어날 뿐 아니라 놀랍도록 아름답고 옷차림도 훌륭한 데다가 운동 신경이 좋은 것 같다. 또 한 번 미국인들이 유럽인들보다 훨씬 화려하다는 결론을 내린다.

열등감에 압도되기 시작할 때 엘라가 오더니 다과 모임에 데려가겠다고 한다. 롱아일랜드의 삶에서 빼놓을 수 없는 일과이니 꼭 가봐야 한다는 것이다.

알고 보니 나뿐 아니라 모두가 함께 가는 모양이다. 자동차 여러 대가 집결하더니 한 대에 두 명씩 타고 출발하지만 기껏해야 500미터도 안 되는 거리다.

이제는 미국식 다과 모임에 익숙해져서 칵테일과 샌드위치를 보고도 놀라지 않지만 파티의 규모는 확실히 인상적이다. 커다란 공간에 사람이 가득하고 젊은 신사가 열성적으로 피아노를 연주하고 있으며 숨 막히게 예쁜 여자 두 명이 양옆에 앉아 그의 허리에 팔을 두르고 있다.

이곳에서는 소리를 지르지 않으면 들리지 않는다. 끝없이 되풀이되는 《앤서니 애드버스》 얘기는 진척이 되지 않고 내가 얼마나 머물 것인지, 미국이 어떤지, 미국 여자가 어떤지 하는 질문에 답하려 해도 마찬가지다. 엘라는 눈에 띄는 사람을 모조리 소개하고는 미소를 지으며 가서 얘기해 보라고 손짓하지만 정작 자신은 사람들 틈에 끼어 움직이지 못한다. 소파에 앉자 내 옆에 앉은 주황색 드레스 차림의 가냘픈 여자가 내 귀에 대고 자기는 남부 출신이며 지금도 남부에 살고 있다고 소리친다.

그녀의 얘기를 다 알아들을 수 없을 것 같아서 지레 포기하지만 어째서인지 꽤 잘 들리고 흥미가 일기도 한다. 그녀는 대학 시절 야구팀의 마스코트였다고 한다. 경기가 있을 때마다 팀원 두 명이 그녀를 들고 필드로 데려갔다. (고국의 마을 축구장에서 자주 일어나는 과격한 행동과 그에 따른 결과, 즉 진흙과 멍이 떠올라 오싹해진다.) 한번은 상대팀이 그녀가 나오는 것을 반대했지만(내겐 딱히 놀라운 일이 아니다) 그녀의 팀원들은 굳건히 버티며 마스코트를 데려오지 못하게 하면 경기를 취소하겠다 했다고 한다.

안타깝게도 이야기의 결말은 들리지 않지만 그녀와 그녀의 팀이 승리했을 게 분명하다. 그렇다면 뭐라고 대꾸해야 적당할까 고민하지만 얼른 떠오르지 않아서 그저 재미있었겠다고 한다. 딱히 적절한 대답도 아니고 적어도 양쪽 팀에게는 그리 재미있는 일도 아니었으리라. 어차피 내 대답마저 주변 소음에 묻혀 문제가 되지 않는다. 사람들이 끊임없이 들락날락하며 서로에게 소리치고 있다. 이 집의 주인을 찾아보고 싶지만 이 역시 가망이 없어 보인다.

얼마 후 엘라가 사람들을 비집고 다가오더니 그만 가자는 신호를 보낸다. 우리는 느릿느릿 힘겹게 밖으로 나온다.

이제는 오랜 친구처럼 느껴지는 엘라의 집 손님들이 하나둘 다시 모이고 결국 우리는 다 함께 엘라의 집으로 돌아온다. 소리를 많이 지른 탓에 목이 무척 아프다.

**10월 25일**

뉴욕 호텔로 돌아와 보니 영국에서 우편물이 와 있다. 안내 데스크 직원이 우편물을 건네며 **이번**에는 조국이 나를 잊지 않았다고 다정하게 말한다. 방에 올라갈 때까지 참을 수 없을 것 같지만 그렇다고 로비에서 읽을 수도 없는 노릇. 한시라도 빨리 승강기를 타려 하는데, 나이가 지긋하고 검은 옷을 입은 단호한 얼굴의 여자가 다가오며 내 이름을 부른다. 나를 알게 되어 몹시 기쁘다고 한다. 그녀의 이름은 캐서린 엘런 블럿이다. 나는 전혀 모르는 이름이지만 미국의 일부 대중에게는 꽤 중요한 이름인 모양이다.

나는 지적으로 보이려 애쓰며 뭔가를 더 물어봐야 하나 고민하다가 어차피 결국 듣게 될 것 같아서 그냥 기다리기로 한다. 미스 블럿에게 올라가서 모자를 벗고 올 테니(즉, 남편과 아이들에게서 온 편지를 뜯어 보고 올 테니) 잠시 앉아서 기다려 달라고 하지만 그녀는 그럴 필요 없다며 나와 함께 올라가고 싶다고 한다. 그러고는 승강기에서 자신을 소개한다. 여성 잡지에 기사를 쓰고 있으며 미국을 방문한 영국인, 특히 문인들에 관한 특집 기사를 맡고 있다는 것이다. 내가 뉴욕에 왔다는 소식을 듣는 순간 당장 만나러 와야겠다고 생각했단다. (고양이도 왕을 볼 수는 있다*고 받아치고 싶지만 이런 말을 기분 좋게 들을 리도 없고, 어차피 내가 말할 틈도 주지 않는다.)

침대가 아직 정돈되지 않아서 속이 부글거린다. 하필 미스 블럿은 코안경 너머로 방을 살피며 묻는다. 왜 여기로 왔어요? 여긴 전문직 종사자들이 자주 오는 곳인데? 그러더니 내가 원하면 당장 여성 클럽으로 옮겨 줄 수 있다고 한다. 그러곤 덧붙이기를, 거기엔 아주 지적이고 교양 있는 여성이 가득하며 자랑스럽게도 자신 역시 그곳의 회원이라는 것이다. 미스 블럿 같은 여자들과 함께 지낼 생각을 하니 아찔한 공포가 밀려든다. 부디 얼굴에 드러나지 않았기를.

---

* 미천한 사람도 권력자를 볼 권리가 있다는 뜻의 표현.

그 후 놀랍도록 지겨운 30분을 견딘다. 미스 블럿은 할 말이 너무도 많은데, 그나마 대답을 기대하지 않아서 어찌나 다행인지. 뜯지도 못한 채 핸드백에 들어 있는 편지에 정신이 온통 쏠려 있으니 말이다. 미스 블럿이 떠벌리는 수많은 얘기 가운데 하나는 노엘 카워드●와 윌리엄 서머싯 몸('윌리'라고 부르는데, 너무 예의 없는 게 아닐까?), 에이솔 여공작▲, 제럴드 듀 모리에■, 에이미 존슨◆이 모두 자신의 소중한 친구이기 때문에 해마다 영국에 가서 그들을 일일이 찾아가고 있고 그 일만큼은 절대 건너뛸 수 없다는 것이다. 나는 그 가운데 개인적으로 아는 사람은 하나도 없다고 잘라 말한 뒤 미스 블럿의 시간을 더 빼앗아선 안 될 것 같다고 덧붙인다. 그러자 미스 블럿이 말한다. 저는 정말 괜찮답니다. 그런 건 조금도 걱정하지 마세요. 그녀는 런던 얘기를 무척 듣고 싶고 내가 그녀의 절친한 친구인 엘런 윌킨슨♠과 낸시 애스터♥, 램지 맥도널드◆와 친분이 있는지 너무도 궁금하다고 한다. 나는 갑자

---

● 영국의 극작가.
▲ 스코틀랜드 귀족이자 통일당 정치인인 캐서린 마저리 램지를 말한다.
■ 영국 배우 겸 연출가.
◆ 세계 최초로 대륙 횡단 비행에 성공한 영국의 여성 비행사.
♠ 영국의 노동당 정치인
♥ 미국 태생의 영국 보수당 정치인.

기 괴이한 충동에 휩싸여 이렇게 말한다. 아뇨. 하지만 웨일스 공●은 저와 아주 절친한 친구랍니다. 그러자 미스 블럿은 놀라지 않고 그저 그래요? 하더니 자기는 지난여름 애스컷 경마장에서 그를 처음 만나 얘기를 나눴다고 한다. (설사 그랬다고 해도 두 사람이 얘기를 나눴다기보다는 미스 블럿이 일방적으로 떠들었을 게 분명하다.)

미치기 일보 직전에 이르렀을 때 마침 전화벨이 울린다. 강연 에이전시다. 버펄로가 어쩌고저쩌고하기에 자연사 박물관 얘기라고 생각하지만 한참 듣다 보니 도시 이름인 것 같다.

이왕 대화가 끊어진 김에 나는 그대로 서서 미스 블럿에게 곧 나가 봐야 할 것 같다고 말한다. 그녀는 업타운▲ 쪽으로 간다면 태워다 주겠다고 한다. 나는 고맙지만 괜찮다고 한다. 그녀는 다운타운이라도 태워다 주겠다고 한다. 이번에는 고맙다는 말을 생략하고 그냥 거절한다.

우리는 10분 동안 작별 인사를 나눈다. 미스 블럿은 하루 이틀 뒤에 다시 연락하겠다며 그전에 자기가 쓴 글을 보낼 테니 읽어 보라고 한다. 마침내 그녀를 내보내고 문을 닫자 혹시라도 다

---

● Prince of Wales. 영국 왕세자의 칭호.
▲ 뉴욕 맨해튼은 남북을 기준으로 크게 업타운, 미드타운, 다운타운으로 구분되며 동서는 이스트와 웨스트로 나눈다.

시 올까 봐 얼른 문을 잠그고 침대에 앉는다.

로버트와 아이들의 편지를 뜯어 적어도 세 번쯤 읽고 나자 집이 몹시 그리워져서 안절부절못하며 다시 한 번 읽는다. 로버트는 내가 돌아오면 좋겠다고 하며(내일 당장 집으로 가는 표를 예약하고 싶다) 정원 상태가 어떤지도 덧붙였다. 교구 목사님이 지난주 일요일에 훌륭한 설교를 했고 요리사의 스펀지케이크가 갈수록 나아지고 있다고 한다. 애정이 넘치는 비키의 편지에는 키스 표시가 연이어 그려져 있고, 다리가 짧고 귀는 한쪽만 보이는 말이 커다랗게 그려져 있다. 비키는 학교 문학회에서 존 메이스필드●의 책을 읽고 있는데 무척 재미있다고 한다. 나는 감탄하면서도 내가 존 메이스필드의 작품에 관해 아는 것을 모두 떠올리며 아홉 살짜리에게 얼마나 적절할지 생각해 본다.

아주 길고 아름다운 로빈의 편지에는 혹시 미국의 속어를 배웠다면 알려 달라는 요청이 적혀 있다. 단, **새로운** 것이어야 한다. 모두가 아는 속어를 예로 들며 그런 건 안 된다고 분명하게 밝혔다. 내가 즐거운 시간을 보내고 있기를 바라며 갱단도 만나 봤기를 바란다고 한다. 계속해서 손더스라는 소년은 P. G. 우드하우스▲의

---

● 어린이 책을 쓴 것으로 유명한 영국의 계관 시인 겸 소설가
▲ 코믹한 작품으로 유명한 영국 작가 펠럼 그랜빌 우드하우스.

《닭들의 사랑》\*을 읽고 있고 배저라는 소년은 앞니가 부러졌다고 한다. 그러고는 딱히 할 얘기가 없다며 사랑을 보낸다는 말로 편지를 마무리했다.

캐럴라인 콘캐넌도 다정한 편지를 보냈다. 고맙게도 내가 보고 싶다면서 집은 다 **괜찮다**고 애매하게 덧붙였다. 나머지 우편물은 주로 청구서인데, 지금은 들여다볼 수 없으니 한꺼번에 고무 밴드로 묶은 뒤 맨 위 우편물에 '청구서들'이라고 적는다. 어쩐지 사무적으로 일을 처리한 것 같고 이 청구서의 비용을 모두 지불했다는 착각마저 든다.

감상에 젖기도 했고 미스 캐서린 엘런 블럿의 방문으로 몹시 지친 기분이 들어서 밖으로 나가 5번 애비뉴의 상점들을 둘러보기로 한다. 그러고 나자 한결 기분이 좋아진다.

오후에는 다과 모임을 빙자한 칵테일과 샌드위치 파티에 참석한다. 저명한 작가 겸 비평가인 알렉산더 울컷▲ 선생을 만나는데 무척 유쾌할 뿐 아니라 고맙게도 내게 말을 걸어 준다. 도중에 전화벨이 울리자 그가 통화를 한다. 상대는 편집자인 것 같다. 아뇨. 그건 곤란합니다. 일을 더 맡는 건 거절해야 할 것 같네요. 물론

---

● 원제는 《Love Among the Chickens》.
▲ 당대 미국의 유명한 연극 비평가.

좋은 조건입니다만 어쩔 수 없습니다. 아닙니다. 더 생각할 여지가 없습니다. 이미 비슷한 제안을 여럿 거절했거든요. 더는 계약할 수 없습니다. 그러더니 그는 전화를 끊고 아무 일도 없었다는 듯이 대화를 이어 간다. 나는 경외심과 동경에 사로잡힌다.

**10월 26일**

여행 가방과 해트박스, 서류 가방에 저 많은 짐을 어떻게 다 넣을까 하는 익숙한 고민에 빠져 있을 때 전화가 왔다는 전갈을 받는다. 마저리 브라운 부인이라는 사람인데, 잉글랜드에 있는 트레시더 부인에게 나에 관한 편지를 받았다며 바로 통화할 수 있냐고 물었다는 것이다. 그럴 수 없고 그러고 싶지도 않다고 확신하며 다시 짐 싸기에 집중한다.

그때 전화벨이 울린다. 마저리 브라운 부인이라는 생각에 받지 말까 고민하지만 어쩐지 그럴 수가 없다. 나는 비서인 척하고 내가 외출했다고 말하기로 마음먹는다. 막상 전화를 받자 말도 안 되고 설득력도 없는 얘기를 횡설수설 늘어놓기 시작한다. 게다가 '나'를 지칭하는 내닝사노 오락가락하고 있다. 그런데 얼마 후

상대가 마저리 브라운이 아니라는 사실을 깨닫는다. 모르는 미국인 여성인데, 옛 친구가 이리로 와서 나를 만나고 싶어 한다고 참을성 있게 거듭 설명하고 있다. 하지만 그 옛 친구의 이름을 알아들을 수 없어서 결국 포기하고, 안타깝지만 나는 한 시간 뒤에 시카고로 떠나야 한다고 일러 준다.

(사실은 저녁에 출발할 예정이다. 의문 시간이 허락한다면 편의를 위해 점점 진실을 왜곡하는 이 경향을 진지하게 생각해 보는 게 좋지 않을까? 답 그렇긴 하지만 틀림없이 마음이 불편할 테니 자아 성찰은 집에 무사히 돌아간 뒤로 미루는 게 좋을 듯. 도덕의 기준은 지리적 환경에 크게 좌우되는 것 같다는 의심을 떨칠 수 없다.)

다시 짐을 싸기 시작한다. 위치하젤* 병을 종이에 싸서 실내화 속에 넣으면 꼭 맞을 것 같고, 여행 가방 한구석을 차지한 두툼한 야회용 외투는 해트박스 바닥으로 옮기면 좋을 것 같다. 실제로 해보니 그러기는커녕 그나마 상태가 좋은 모자마저도 망가질 지경이다. 게다가 로빈과 비키의 사진들과, 작은 빨간색 여행용 시계, 너무 작아서 어차피 신지 않는 검정 구두도 깜빡하고 넣지 않았다.

---

● 상처 치료에 효과가 있는 허브 추출액.

절망에 휩싸이려는 순간 문을 두드리는 소리에 오히려 마음이 놓인다. 문을 열자 비명이 들린다. "아, 마담, 켈 에모숑!"● 마드무아젤이다. 그녀는 다시 소리를 지르며 내 품에 풀썩 안긴다. "몽 디외, 주 베 므 트루베 말, 알로르?"▲ 그러곤 침대에 풀썩 앉으며 얘기를 쏟아 놓는다. '윈 파미 트레 아메리캔'■과 함께 왔는데, 그래도 그들은 '아세 코밀포'◆라고 한다(이런 묘사는 좀 버릇없지 않나?). 뉴욕에 6개월 동안 함께 있다가 그들을 처음 만난 파리로 돌아갈 예정이란다. 나는 그들이 잘해 주는지, 마드무아젤이 행복하게 지내는지 물어본다. 그러자 그녀는 두 손을 휙 올리고는 천장을 보며 소리친다. "르 보뇌르 비앵 푀 드 쇼즈!"♣ 나는 동의할 수 없다. 그녀는 밤낮으로 단 한순간도 '스 셰르 프티 세누 뒤 데번서'♥과 '세트 아무르 드 비키'♣를 잊은 적이 없다고 한다.

(이 말이 사실이라면 마드무아젤은 현재 고용주들에게 의무를 다할 수 없을 것이다. 게다가 데번에서 마드무아젤은 영국 시골의 삶이 따

---

● 아, 마담, 정말 감동적이에요!
▲ 세상에, 정신을 잃을 것만 같네요.
■ 아주 미국적인 가족
◆ 꽤 점잖다.
♣ 행복은 별 게 아니죠!
♥ 그 사랑스러운 데번 집.
♣ 사랑하는 비키.

분하며 영국 사람들이 자기에게 이런저런 욕을 할 뿐 아니라 우리 가족, 특히 비키가 매정하고 무심하다면서 절망하고 흐느끼며 감상적으로 굴었던 적이 수없이 많지 않았는가.)

하지만 다 지난 일이니 우리는 과거를 회상하며 많은 이야기를 나눈다. 심지어 마드무아젤은 '세 봉 죄 드 크리켓 당 르 자르댕'●을 떠올리며 감상에 젖는다. 마드무아젤이 로빈에게 아웃당하고 "무아, 주 느 주 플뤼."▲ 하며 배트를 내던지고 가는 바람에 '그 즐거운 경기'가 돌연 끝난 적이 한두 번이 아니지만 당연히 그런 얘기는 꺼내지 않는다.

그녀는 아이들의 사진을 들여다보며 침이 마르도록 칭찬하다가 로버트의 사진이 나오자 못마땅한 투로 말한다. "티앵! 옹 디레 퀼 비에이!"■ 그러더니 나를 열심히 뜯어본다. 내게도 똑같은 말을 하고 싶은데 예의상 참는 듯해서 나는 시카고에 가려고 짐을 싸는 중이었다며 얼른 말을 돌린다.

짐을 싼다고요! 마드무아젤이 소리친다. "아, 켈 오뢰르! 켈 파송 드 페르 레 쇼즈!"◆ 그러곤 검정 염소 가죽 장갑과 작은 모피

● 정원에서 즐긴 즐거운 크리켓 경기.
▲ 저는 그만할래요.
■ 어머! 좀 늙으신 것 같네요!
◆ 아, 끔찍해라! 짐을 이렇게 싸다뇨!

재킷, 스카프 세 장, 커다란 자수정 브로치, 연보라색 울 카디건까지 모두 벗어던지고 자기가 짐을 싸주겠다 선언한다. 그러더니 아주 노련하게 화장지를 무한히 써가며 짐을 싼다. 내가 갠 옷을 볼 때마다 "브리제 르 쾨르."● 라고 소리치면서.

내가 좀 더 있다가 함께 점심을 먹자고 하자 그녀는 "메 농, 메 농, 세 트로."▲ 하고 사양하다가 결국 받아들인다. 단, 내려가기 전에 머리를 풀었다가 다시 올려야 한단다. 내가 그러라고 하자 마드무아젤은 머리를 빗으며 '르 봉 탕 파세'■가 떠오른다고 한다.

미국을 어떻게 생각하는지 물어도 그녀는 그저 고개를 저으며 "아, 라메리크, 라메리크! 세 투주르 르 돌라르, 네스파?"◆라고 할 뿐, 딱히 의미 있는 대답을 내놓지 않는다. 그래도 대체로 좋은 사람을 많이 만났고 급여도 많이 받는 것 같다.

우리는 페르시아 커피숍에서 함께 점심을 먹는다. 마드무아젤은 무척 활기차게 떠들다가 내가 고국에 돌아가기 전에 한 번 더 만나자고 하며 떠난다.

---

● 정말 속 터지네.
▲ 아니에요, 아니에요, 그건 너무 과하죠.
■ 지나간 좋은 시절.
◆ 아, 미국, 미국! 미국은 역시 돈이 전부죠, 안 그래요?

뉴욕에서 가장 높은 빌딩이 담긴 그림엽서를 로빈과 비키에게 한 장씩 보낸 뒤, 팁을 기대하는 듯한 호텔 사람들 모두에게 일일이 팁을 쥐여 주고 시카고행 밤 여정을 준비한다.

**10월 27일**

영국에서 모두가 미국 기차는 아주 따뜻하다고 설파한 일을 떠올리자 분통이 터진다. 미국에 한번도 와보지 않은 목사님 아내는 심지어 객차 온도가 40도에 가까울 거라고 했다. 정반대로 기차 안이 어찌나 추운지 시카고가 가까워지면서 눈이 쌓인 풍경을 보고도 전혀 놀라지 않는다.

기차에서는 세계 박람회 엽서를 판매하는데 대부분 아주 밝은 파란색과 아주 밝은 노란색이다. 로버트에게 어울리는 과학 전시관 엽서와 로빈이 좋아할 것 같은 전망 탑 엽서, 비키에게 보낼 선사 시대 동물 엽서, 캐럴라인 콘캐넌이 좋아할 것 같은 흥겨운 분위기의 파리 거리가 담긴 엽서를 산다. 로즈와 펠리시티를 위해 만국기 거리와 벨기에 마을이 담긴 엽서도 구입한다. 이건 특별한 이유가 있다기보다는 달리 남은 게 없어서다. 모든 엽서에 나는 잘 지내고 있다, 모두 보고 싶다, 지금은 시간이 없으니 나중에 더 쓰겠다 등의 내용을 휘갈겨 쓰지만 알아볼 수 있을지 걱정이다.

비싸지만 훌륭한 아침 식사를 마친 뒤 다행히 열차가 멈춰 서기 전에 간소하게나마 용모를 단장한다. 언제나처럼 여행 가방과 한참 씨름한 끝에 잠옷과 세면도구 가방을 간신히 쑤셔 넣는데, 다시 보니 빗과 옷솔을 깜빡했다. 다행히 흑인 짐꾼이 와서 나를 구제해 주고, 얼마 안 되어 열차는 시카고에 도착한다.

고맙게도 문인 친구 아서가 나를 마중 나왔다. 아주 예쁜 여동생과 뉴욕에서 왔다는 (남성) 친구, 독특하게 생긴, 비키 바움이라는 닥스훈트도 데려왔다.

출판사 사람도 나와 있다. 모자를 아주 과감한 각도로 썼는데, 나는 그의 이름을 피트로만 알고 있을 뿐 성을 몰라서 어떻게 소개할까 고민한다. 그러나 다행히 그럴 필요가 없는 것 같다.

이제는 문인 친구와 피트가 오랜 친구처럼 친숙하게 느껴진다. 조금이라도 낯익은 얼굴을 보니 얼마나 반가운지 모르겠다.

역을 나서자 모르는 사람이 내 사진을 찍는다. 아서는 감탄하며 루마니

아의 마리 여왕이 방문한 이래 이런 일은 처음이라고 한다. 이윽고 우리는 차를 타고 출발한다.

시카고에 아름다운 건물이 이렇게 많은데, 왜 아무도 말해 주지 않았는지 모르겠다. 갱단이 있냐고 물어볼까 고민하다가 민망해서 그만두기로 한다. 어차피 갱단의 흔적도 보이지 않지만 나중에라도 보게 된다면 좋겠다. 그러지 않으면 아이들이 크게 실망할 테니까. 바다만큼이나 드넓은 호수를 보고 감동하는데, 알고 보니 아서의 가족이 사는 집이 호수를 마주하고 있다.

그의 가족은 더없이 친절하게 나를 맞아 주고 특히 나는 아서의 어머니를 보자마자 사랑에 빠진다. 그들은 내게 목욕부터 해야겠다고 에둘러 말한다. (거울을 보면 왜 그런 생각이 들었는지 알 수 있을 듯.)

나는 믿을 수 없게 더럽고 꾀죄죄하며 전반적으로 손쓸 수 없는 상태임을 깨닫고 커다란 침실과 욕실에서 어떻게든 개선해 보려고 안간힘을 쓴다. 익숙하지 않은 욕실의 수도꼭지를 만지작거리다가 실수하는 바람에 뜻하지 않게 샤워를 하게 되지만 머리는 해결되지 않는다.

## 10월 30일

아서와 그의 가족, 그의 뉴욕 친구, 그의 개까지도 평생 알고 지낸 듯 편안하게 느껴진다. 모두가 친절하고 상냥하게 대해 주며 친구도 여럿 소개해 준다.

그런 친구 중 (전부는 아니라도) 일부가 미국 여성 문제에 대한 견해를 묻는다. 도무지 적당한 답이 떠오르지 않고, 미국 어디를 가든 이 문제가 끈질기게 따라다닐 거라면 로즈에게 전보로 그럴듯한 답을 보내 달라고 할까 진지하게 고민한다.

아서의 어머니가 뉴욕 친구(이제 나는 그를 편하게 빌리라고 부르고 있다)와 나를 위해 성대한 칵테일파티를 열어 준다. 우리 둘 사이에는 금세 유대가 싹트는데, 아마도 과분한 대접에 걸맞은 사람임을 입증해야 한다는 공통의 부담 때문이리라.

수백 명의 사람을 소개받고, 그중에는 여자 못지않게 남자도 많다는 사실에 감탄한다. 저들과 친해진다면 미국 여성 문제의 해답을 어느 정도는 찾을 수 있을 듯싶지만 뭔가를 생각하기에는 머릿속이 너무 흐릿하다. 틀림없이 칵테일 때문일 것이다.

파란 옷을 입은 매력적인 여성이 다가오더니 내 친구를 안다고 한다. 나는 본능적으로 되묻는다. 트레시더 부인이겠죠? 네, 맞아요. 트레시더 부인. 그 아들도요. 애가 튼튼해 보이지 않던데. 나는 (아무 근거도 없이) 그래도 전보다 훨씬 나아졌다고 힘주어 말한 뒤 박람회로 화제를 돌린다. 그녀는 과학 전시관을 둘러보고 전망 탑에도 올라가 보라고, 벨기에 마을에도 꼭 들러야 한다고 당부한다.

생판 모르는 사람이 다가오더니 내가 내일 자기 아파트에서 식사할 예정이라고 한다. 다른 여자가 와서는 일요일에 시골에 있는 자기 집에서 나를 다시 만날 테니 무척 기대된다고 한다. 웬 노신사는 내게 점심을 대접하고 함께 박람회를 둘러보게 되어 몹시 기쁘다고 한다. 또 전혀 모르는 매력적인 사람이 다가오더니 아서와 내가 시카고 대학을 방문할 때 자기 집에서 차를 마시게 될 거라고 귀띔한다.

살짝 현기증이 나지만(틀림없이 칵테일 때문일 듯) 엄청난 관심과 대접에 말할 수 없이 감사한 마음이 들면서 집에 편지를 쓸 때 내가 생각보다 훨씬 더 중요한 사람이더라라고 알려야겠다 막연히 생각한다.

그러나 이내 내가 시카고에 놀러 온 게 아니라는 사실을 떠올리고 현실로 돌아온다. 내일은 피트를 따라 큰 백화점에 가서 책에 사인을 하고 짧은 강연도 해야 한다.

밤을 새워 강연을 준비하리라 결심하지만 결국 관현악 연주회에 끌려갔다가 아주 늦게야 돌아와 바로 잠자리에 든다.


**10월 31일**

아침에 피트가 (이번에도 모자를 과감한 각도로 쓰고) 찾아와 우리는 함께 거리를 걸어간다. 사실 자기는 작가들을 좋아하지 않는다는 그의 솔직한 고백에 나 역시 동조하면서 우리는 부쩍 가까워진다.

백화점에 도착하자 입이 다물어지지 않는다. 내 평생 그렇게 인상적이고 커다란 백화점은 본 적이 없다. 우리는 다양한 매장을 둘러본다. 현대적인 가구 매장에는 수많은 방이 마련돼 있고 방마다 완벽한 사각형 소파와 유리로 된 색색의 동물 모형, 카테일용 식기, 철제 의자 따위가 갖춰져 있다. 무척 인상적이다. 구식 가구보다 훨씬 세련됐다고 생각하지만, 아무래도 로버트가 초록색과 검은색으로 된 저 길쭉한 의자에 앉아 〈타임스〉를 읽는 모습은 그려지지 않는다. 게다가 옆쪽 벽에는 유리판이 덮인 작은 탁자가 설치돼 있고 맞은편에는 팔꿈치가 커다란 각진 나체 여자 조각품이 놓여 있다.

더욱이 아이를 키우는 집을 위한 가구는 전혀 없는 것 같다. 그런 걸 고려하기나 했을까 싶지만 딱히 물어보고 싶지 않다.

우리에게 매장을 안내하는 상냥한 청년은 내가 현대적인 부엌에 특히 관심이 있을 것 같다며 우리를 그리로 안내한다. 피트가 살짝 냉소적인 표정을 짓는다. 내게는 현대적인 부엌이 전혀 필요치 않다는 것을 나만큼이나 잘 아는 모양이다. 피트가 우리 집 요리사와 아는 사이였다면 내 삶에서 현대적인 부엌이 전혀 중요하지 않은 이유를 훨씬 잘 알았으리라.

피트는 이 백화점에서 서점을 운영하는 자기 친구이자 아름답고 유능한 여자를 빨리 소개하고 싶다고 한다. 그녀의 이름을 알려 주지만 자꾸 잊어버린다. 나중에는 연상 기억법을 짧게나마 연습해서 그녀의 웨이브 진 머리카락을 마르셀라라는 이름과 연결 지어 기억한다.* 이름보다 성이 더 중요하지만 아무리 들어도 외워지지 않아서 부르지 않기로 한다. 명사들의 이름이 적힌 사진들로 도배하다시피 한 그녀의 사무실은 퍽 인상적이다. 그녀는 그중 몇몇 이름을 말하며 내게 아느냐고 묻는다. 나는 번번이 모른다고 대답하며 열등감에 휩싸인다. (세상에 존재하는 모든 명사와 가

---

* 당시에는 뜨겁게 달군 고대기로 일시적인 웨이브를 만든 헤어스타일이 유행했으며 이를 '마르셀 웨이브'라고 불렀다.

까운 친구 사이라고 떠벌리던 캐서린 엘런 블럿이 떠오른다.) 이런 생각에 빠져 있다가 조지 버나드 쇼를 아느냐는 질문을 받고 내가 대답하는 소리가 들린다. 그가 누구인지는 알지만 개인적으로 만난 적은 없어요. 역시 실망스러운 대답일 것이다. 마르셀라는 나의 문학계 인맥을 더는 캐묻지 않는다.

이윽고 나는 안내를 받아 다시 서점으로 들어간다. 초판본 코너와 아동 신간 코너를 둘러보고 싶지만 참을 수밖에. 마르셀라의 젊은 직원이 꽤 많은 사람이 기다린다고 일러 준 뒤 지난주에는 하비 앨런이 왔었다고 덧붙인다. 그렇다면 이제 《앤서니 애드버스》를 어떻게 생각하느냐고 물어볼 게 틀림없다. 나는 도무지 알아볼 수 없는 글씨로 뭔가를 적어 놓은 작은 쪽지를 열심히 들여다보는 척한다.

'꽤 많은 사람'이라고 했는데 무려 400~500명에 이르고 주로 여성이지만 남자도 가끔 섞여 있다. 이 많은 사람이 둘러앉은 작은 연단 위의 탁자 앞에서 강연을 해야 한다. 차라리 탁자 밑으로 기어들어가 숨고 싶은 마음이 간절하지만 당연히 그럴 수는 없다.

마르셀라가 사람들 앞에서 짧게 얘기한다. 그사이 나는 이 세상에 영원히 지속되는 것은 없으며 어차피 이 사람들은 오늘이 지나고 나면 다시 볼 일이 없다는 사실을 떠올리며 마음을 다잡는다.

우스운 이야기를 들려주자 꽤 잘 통한다. 다른 이야기도 떠오르는데 재미있지 않을까 봐 걱정하며 들려주지만 이번에도 성공한다. 문득 내가 타고난 강연가일지도 모른다는 생각이 든다. 고국에서는 왜 아무도 그런 얘기를 해주지 않았을까? 어떻게 하면 잘난 척한다는 인상을 주지 않고도 이 점을 납득시킬 수 있을까 고민해 본다.

박수갈채를 받으며 자리에 앉는다. 겸손하게 보이려 노력하고 있을 때 문인 친구 아서와 그의 친구 빌리가 시야에 들어온다. 둘 다 내 강연을 듣고 있었던 모양이다. 그때부터 몹시 초조해지면서 겸손해 보이기는커녕 바보처럼 보일 거라는 생각에 시달린다.

때마침 피트가 다시 나타나는데, 괜히 내 강연을 들은 척하는 것보다 내게는 훨씬 나은 것 같다. 그는 사려 깊게도 다른 매장을 둘러보다가 돌아와서는 내게 책 몇 권에 사인을 하면 사람들이 좋아할 거라고 제안한다.

그 '몇 권'은 결국 수백 권이 된다. 한참 앉아서 사인을 하고 있으려니 내가 무척 중요한 사람이 된 기분이다. 여자들이 끊임없이 다가와 내게 말을 건넨다. 대부분은 책을 어떻게 쓰냐고 묻고 그중 몇몇은 얼마 전에 **꼭** 책으로 써야 할 만한 이야기를 들었다고 한다. 지난여름 여섯 살짜리 손녀가 신통한 말을 했다며 그것을 들려주기도 하고, 나뿐만 아니라 문명 세계에 속한 사람이라면 누구나 알고 있을 법한 우스갯소리를 들려주기도 한다. 나는 고맙다고, 정말 고맙다고 인사하며 끊임없이 사인을 한다. 내가 J. P. 모건이고 이 책들이 모두 수표라면 얼마나 재미있을까 하는 덧없는 공상이 머리를 스친다.

얼마 후 마르셀라가 나를 부르더니 내가 영국에서 왔다는 사실을 잊지 않았다면서 차를 마시고 싶을 게 분명하다고 한다. 나는 아주 편안한 자리에서도 차를 좋아하지 않고 좀처럼 마시지도 않지만 차마 그렇게 말할 수 없어서 아서와 그의 친구 빌리가 기다릴 거라고 한다. 어머, 아니에요. 마르셀라가 말한다. 그들은 거북을 사고 있답니다. 거북이요? 네, 작고 예쁜 거북이요. 마르셀라는 등껍질에 다양한 꽃이 그려진 거북들이 아래층에 전시되어 있다고 한다. 이 말을 듣고 내가 얼이 빠져 있는 사이, 그녀는 나를 자기 사무실로 데려가더니 결국 차를 내놓는다. 영국식으로 준비했다는 차는 칠흑처럼 시커먼 데다가 우유 대신 레몬이 곁들여져 있다. 피트가 돌아와서 꽃무늬 거북이 있다는 소문을 확인해 준다. 얼마 후 나는 영광스럽게도 소문의 거북들을 직접 보게 되는

데, 물과 부서진 등껍질 조각들이 담긴 작은 대야에서 등에 인위적인 장미 다발과 물망초 다발 그림을 내보이며 기어다니고 있다.

차를 마시고 사인을 좀 더 한 뒤 문인 친구 아서에게 이끌려 간다. 그의 어머니가 영어 협회*에서 나를 기다리고 있다는 것이다. (왜 내가 선호하는 집에서 기다리시지 않고?) 막상 가보니 아주 유쾌한 곳이다. 만나는 사람마다 미국을 어떻게 생각하는지, 캘리포니아에 갈 것인지 물어본다. 나는 그저 세계 박람회를 몹시 고대한다고 대꾸하며 상냥하게 헤어진다.

이곳에서 뜻밖에도 흥미로운 사람을 마주친다. 검은색과 초록색 옷을 입은 여자가 다가오더니 뉴욕에서 우리 아이들의 옛 프랑스인 가정교사를 만났다고 하는 게 아닌가. 내가 놀라서 소리치자 검정과 초록의 여자는 안타까워하는 얼굴로 말한다. 그러게요, 세상이 참 좁죠. 나는 호전적으로 대꾸한다. 아뇨. 그렇게 좁지는 않아요. 그러고는 마드무아젤과 뉴욕에서 만났으며 그녀가 좋은 사람들과 행복하게 지내기를 바란다고 덧붙인다. 검정과 초록의 여자는 마드무아젤이 남부 출신의 아주 유쾌한 사람들과 지내고 있다고 진지하게 대꾸한다. 남부에서 가장 오래된 가문 중 하나

---

● English-Speaking Union. 1918년 미국에서 다른 언어권의 사람들을 돕기 위해 창설된 국제 교육 조직.

라서 모두가 진짜 남부 사투리를 쓴다고 한다. 마드무아젤이 틀림없이 그들의 사투리를 고쳐 줄 거라는 말이 목구멍까지 올라오지만 간신히 삼키고 그 집 아이들이 그녀를 좋아하는지 물어본다. 검정과 초록의 여자는 그저 자기 친구들이 남부에서 가장 오래된 집안이라고 한 번 더 말하고는 못마땅한 표정으로 가버린다.

그러고 나자 뚜렷한 이유 없이 마음이 몹시 불편해서 아서에게 그만 집에 갈 수 없냐고 묻는다. 그는 그러자고 상냥하게 대답하며 그의 예쁜 여동생과 나를 택시에 태운다. 이 예쁜 여동생에게 샴푸 서비스를 어디서 어떻게 받느냐고 묻자 그녀는 당장 예약을 해주고는 **자기** 머리를 손질하는 곳이니 내 머리도 잘해 줄 거라고 한다. (예쁜 여동생은 나보다 적어도 열 살은 어리고 유난히 매력적인 금발이니 비슷한 결과가 나오지는 않겠지만 이런 비관적인 생각은 속으로 삭이련다.)

문인 친구 아서는 내 앞으로 편지가 여러 통 와 있다면서 차분히 읽어 보고 싶을 테니 8시 만찬 전까지 조용히 쉬라고 한다. (캐서린 엘런 블럿에게 아서를 소개해 사교 예절을 배우라고 해야 할 듯.)

내 방에서 기다리는 편지들을 보고는 굉장한 인내심을 끌어모아 모자를 벗고 외투를 바닥에 내던진 뒤 장갑과 가방을 여기저기 팽개치고 나서야 책상 잎에 앉아 살펴본다.

영국에서 온 것은 딱 한 통, 교구 목사님 아내의 편지다. 혹시 애리조나주 근처에 갈 계획이 있냐면서, 목사님이 **처음** 맡은 교구, 그러니까 25년 전에 맡은 런던 북부의 교구에서 유난히 예뻐한 사내아이가 애리조나주로 가서 크게 성공했다고 한다. 이름은 시드니 크립스이고 크리켓 경기에서 고꾸라지는 바람에 앞니 하나가 없으며 가끔 목사님께 편지를 보내는데, 그 아이가 어떻게 지내는지 확인해 줄 수 있을까요? 마지막으로 편지를 받은 게 12년쯤 되었나? 언제 시간이 그렇게 훌쩍 가버렸네요. 계속해서 그녀는 모두가 잘 지내고 있으며 내가 없어서 무척 허전하고, 지난주에 여성회 모임이 있었는데 모두의 비위를 맞추느라 무척 힘들었다고 덧붙인다.
　내 경험으로 미루어 이 마지막 말은 전적으로 사실일 것이다.


**11월 1일**

아서의 가족과 함께 세계 박람회에 간다. 건물이 모두 현대적이고 위엄 있어 보이지만 색이 너무 강렬한 것 같다. 그래도 전체적으로 효율적이고 인상적이며 고대 그리스를 모방한 부분이 무척 마음에 든다. 개별 전시들이 훌륭하게 짜여 있고 전체 면적도 어마어마하다. 이따금 곳곳에서 호수의 일부가 큼직하게 보인다. 자가용 차는 입장할 수 없지만(적절한 정책인 것 같다) 대학생들이 끄는 인력거를 탈 수 있으며 그들과의 대화가 특히 흥미롭다고 한다. 박람회장을 조용히 도는 작은 버스도 있다.

아서와 나는 인력거를 타고 다양한 건물을 둘러본다. (내 인력거를 끄는 학생을 보니 대화해 봐야 양쪽 모두에게 이롭지 않을 것 같다.) 안타깝게도 과학 전시관은 괜히 온 것 같다. 해골과 석고로 만든 인체 부위와, 신경과 혈관을 묘사한 실감 나는 모형이 한쪽 벽면을 메운 유리 진열장에 가득 전시돼 있어 눈을 감고 서둘러 지나간다. 아서는 내게 공감하며 인큐베이터 안에 살아 있는 아기들도 전시되어 있다고 한다. 그것이 지금 우리를 둘러싼 과학의 경이보다 낫다는 뜻인지 나쁘다는 뜻인지 모르겠다. 우리는 다시 인력거를 타고 옥으로 된 아름다운 중국 사원과 선사 시대 동물을 둘러본다. 여기서 파생한 원시인의 모습은 그리 유쾌하지 않지만 박제된 브론토사우루스가 전시되어 있었다면 좋았을 것 같다. 또 15세기의 모습을 재현했다는 벨기에 마을에도 가본다. (15세기가 아니라 16세기였나? 확실하지 않다.)

아서와 나는 이곳에서 내려 놀계단을 올라갔다 내려가고 자갈 깔린 거리도 거닐면서 그림 같은 의상을 입고 손을 맞잡은 채 발을 구르며 춤을 추는 깔끔한 모습의 농민들을 구경한다. 지금껏 이런 농민은 러시아인인 줄만 알았는데 내가 잘못 알고 있는 모양이다.

옛 플랑드르의 풍경 속에서 옛 플랑드르 시청의 옛 플랑드르 시계가 종을 울린다. 아서와 내가 정말 아름다운 소리라고 입을 모으는 순간, 보이지 않는 확성기에서 째지는 듯한 목소리가 터져 나온다. 드디어! 새로 나온 치약을 소개합니다! 뜬금없는 광고에 옛 플랑드르 분위기는 산산이 깨지고 아서와 나는 질색하며 클럽으로 가서 그의 가족을 만나 훌륭한 점심을 먹는다.

모두가 내게 다음에는 무얼 보고 싶으냐고 묻는다. 아서의 어머니는 친구 몇 명이 저녁을 먹으러 오기로 했다고 일러 준다. 그러나 아서의 아버지가 남아메리카 사람 두 명도 초대했다고 하자 그녀는 경악한다. 모두가 되묻는다. 남아메리카 사람? 마치 남아메리카 사람이 익룡이라도 되는 것 같은 분위기다. 뒤이어 이런저런 질문이 오가지만 아서의 아버지는 남아메리카에서 왔다는 사실 말고는 그들의 이름조차 모른다.

점심 식사 후 우리는 다시 박람회를 둘러본다. 다른 학생이 모는 인력거를 타게 되는데 이전 학생만큼 뚱해 보이지 않아서 11월치고는 날씨가 무척 따뜻하다며 소심하게 말을 건다. 학생은 내 억양으로 봐서 영국에서 온 것 같다며 영국은 언제나 안개로 뒤덮여 있지 않냐고 묻는다. 내가 언제나 그런 건 아니라고 하자 우리의 대화는 그대로 끝이 난다. 아무래도 내게는 흥미로운 미국  대학생들과 대화하는 재주가 없는 것 같다. 더는 노력하지 않기로. 대체로 아주 훌륭한 전시를 몇 군데 더 둘러보고 나자 아서가 북아메리카 원주민을 보러 가자고 한다.

아서가 우리의 입장료로 꽤 많은 돈을 지불한 뒤 안으로 들어가자 진짜 원주민들이 발을 쿵쿵 구르며(역시 러시아의 전유물인 줄 알았는데 아닌 모양이다) 단 두 음으로 이뤄진 듯한 단조로운 소리를 내고 있다. 내게는 그저 와! 와! 하는 소리로 들릴 뿐이다. 거의 40분쯤 들어 봐도 흥미가 일지 않는다. 아서도 같은 생각이라 우리는 바로 집으로 돌아간다.

로즈와 아이들, 로버트에게 엽서를 쓰고는 잠시 생각하다가 요리사에게도 한 장 쓰지만 그녀가 좋아할지 모르겠다. 한 가지 놀랍고도 짜증 나는 사실은 요리사에게 엽서를 쓸 때 나머지 사람을 모두 합친 것보다 더 많은 시간이 걸린다는 점이다.

저녁이 되자 작은 만찬이 열린다. 소설로 퓰리처상을 받은 여성 작가와, 아주 유명하지만 안타깝게도 나는 모르는 여성 시인, 영화 관련 일을 하는 청년, 박물관과 연관된 일을 하는 노신사, 데번주를 잘 알며 프로비셔 부부의 집에 묵은 적도 있다는 초록색 드레스 차림의 유쾌한 여자가 참석한다. 나는 이 여자에게 데번에 왔을 때 즐거웠냐고 가볍게 묻는다. 그러자 그녀가 너그럽게 대꾸한다. 데번은 아름다운 곳이지만 윌리엄 프로비셔 경이 미국인들을 싫어하는 것 같더라고요. 내가 그럴 리 없다고 하자 그녀는 윌리엄 경이 미국인들을 얼마나 싫어하는지 자기 입으로 **직접** 말했다고 단호하게 덧붙인다. 더는 설득할 길이 없어서 박람회 얘기로 얼른 화제를 돌린다.

평소처럼 식사는 무척 훌륭하고 참석한 사람들도 더없이 다정하다. 내 옆에 앉은 박물관 관계자는 내일 오전 10시에 시카고 역사박물관을 안내해 주겠다고 한다.

식사가 끝날 무렵, 허리가 날씬하고 머리는 세련되고 매끈하게 넘긴 고상한 청년 두 명이 들어오더니 우리의 여주인에게 우아하게 허리 숙여 인사한다. 뉴욕 친구 빌리가 내게 '남아메리카 사람들'이라고 속삭이자 나는 고개를 끄덕인다. 아무도 저들의 이름을 모르는데 어떻게 소개할지 궁금해진다. 그러나 여주인은 그저 그들에게 이름을 물어본 뒤 모두를 소개하며 문제를 간단하게 해결한다.

나중에 듣기로, 두 사람은 영어를 잘 못하는데 아서의 아버지에게 이런저런 질문을 받고 있다고 한다. 그들이 대답하고 있는지는 아무도 알려 주지 않아서 내 머릿속에는 내내 의문으로 남는다.


**11월 4일**

레이크 포레스트라는 도시에서 함께 오찬을 즐기고 오후 시간을 보내자는 초대를 받았다. 롱아일랜드의 일요일과, 이와 비슷한 시카고 외곽 지역의 일요일을 비교할 독특하고 흥미로운 기회가 될 것 같다. 아서에게 파티의 규모가 얼마나 될지 묻자 서른 명쯤 올 것 같다고 한다. 나는 고민하지도 않고 차세대 몰리눅스가 심혈을 기울인 흰 데이지 장식의 파란 실크 드레스를 입고 빨간 베레모를 쓰기로 마음먹는다. 그런데 아서가 편한 옷을 입으라고 한다. 나는 모직 코트와 스커트, 빨간 베레모로 마음을 바꾼다. 그런데 또 아서가 저녁에는 레이크 포레스트에 있는 아주 부유한 지인의 만찬에도 데려가겠다고 한다. 나는 데이지 장식의 파란 실크 드레스로 다시 마음을 돌리며 야회복 드레스를 입지 않아도 괜찮을지 물어본다. 아서는 사실 그 집의 여주인이 다른 옷을 허락하지 않을 테니 모두가 야회복을 가지고 가서 갈아입는 게 좋겠다고 한다. 그런 얘기를 들으니 벌써부터 그 여자가 싫어진다. 내가 가고 싶지 않다고 하자 아서는 우울한 목소리로 단호하게 말한다. **자기**도 가고 싶지 않고 빌리도 가고 싶지 않지만 어쩔 수 없다고. 그냥 야회복을 가지고 **가는** 수밖에. 혼자 고집부릴 수는 없어서 드레스를 어떻게 쌀지 고민한다. 여행 가방은 너무 크고 손가방은 너무 작지만 결국 손가방을 택한다. 드레스가 구겨지겠지만.


**11월 5일**

문인 친구 아서가 여전히 우울한 얼굴로 빌리와 나를 차에 태우고 시카고에서 약 50킬로미터 떨어진 레이크 포레스트로 향한다. 우리는 (왜인지 또는 어째서인지 몰라도) 서로의 할머니 얘기를 하다가 스코틀랜드로 화제를 옮긴다. 풍경은 무척 아름답지만 날씨가 안 좋죠. 아서는 홀리루드 궁전*에 가봤지만 혈흔은 보지 못했다고 한다. 빌리는 친척이 로스주▲에 있는 성주와 결혼해 그곳에 사는데 매일 저녁 백파이프 연주를 듣는다고 한다. 나는 내게도 에든버러 대학의 저명한 역사학자인지 뭔지와 결혼한 친구가 있다고 응수한다. '뭔지'라는 말은 넣지 말걸 그랬어. 어쩐지 꾸며 낸 얘기처럼 들릴 테니까. 그 친구가 에든버러 워디가에 산다고 자신 있게 덧붙이며 무마해 보려 하지만 아무도 대꾸하지 않는다.

의문 언제나 허구보다 실화가 더 공감을 얻지 못하는 까닭은 뭘까? 만약 내가 저명한 역사학자와 그 아내가 에든버러성 지하실에 살면서 에든버러락■을 판다고 했다면 아서와 빌리는 훨씬 더 열의를 보였을 것이다.

우리는 1시쯤 도착한다. 아서는 그 집에 사는 친구들이 매력적인 사람들이라고 설명한다. F 부인은 소설을 쓰고 여동생도 소설을 써서 퓰리처상을 받았다. 그 말에 내가 얼른 끼어들어 요전 날 그 친구를 만났다고 한다. 어쩐지 이 가족의 오랜 친구가 된 기분이다.

---

* 스코틀랜드 에든버러에 있는 영국 군주의 관저로, 스코틀랜드의 메리 여왕 시절에 이곳에서 수많은 살인이 일어나 바닥에 혈흔이 있다고 알려져 있다.
▲ 스코틀랜드 하일랜드에 있는 주.
■ 스코틀랜드 전통 과자.

아서가 다시 설명을 이어 가자 내가 그의 말을 중간에 끊었다는 것을 깨닫고 로버트가 가끔 이에 대해 불평한 일이 떠오른다. 아서는 F 부부가 소유한 이 집이 1874년에 지어졌으며 가구와 모든 것이 거의 그대로 남아 있다고 한다. 사실상 박물관과도 같은 곳이다.

그의 말은 과장이 아니다. 나는 집에 매료되어 넋을 잃는다. 완전히 빅토리아 양식으로 지어진 집 안에는 구석구석 돌림무늬 세공의 까치발이 설치돼 있고 가구가 가득 들어차 있다. 나는 환대를 받으며 외투와 모자를 놓아 둘 위층으로 안내 받는다. 그곳에서 유리 덮개가 씌워진 도금 시계와 울과 구슬로 만든 깔개들, 긴 앞치마를 입고 커다란 흰색 새끼 고양이들과 놀고 있는 어린 소녀들이 그려진 다채로운 그림을 감상한다. 결국 주인의 딸이 나를 찾으러 와서는 내가 길을 잃은 줄 알았다고 설명한다. 나는 사과하고는 오찬에 늦지 않았기를 바라며 내려간다.

막상 가보니 괜한 걱정이었다. 서른다섯 명쯤 되는 오찬 참석자들은 현관 앞 발코니로 하나둘 모여들어 칵테일을 마시다가 3시가 돼서야 식사 자리에 앉기 시작한다. 내 양옆에는 유쾌한 사람들이 앉았고 맞은편에는 조금 따분한 사람이 앉았다. 그녀는 건너편에서 나더러 무슨 일이 있어도 남부에 꼭 가봐야 한다고 우긴다. 자기도 남부 출신이며 내가 분명히 알아챘을 테지만 지금까지 남부 억양을 버리지 못했다고 한다. 내가 호응해 주기를 바라는 눈치인데 끝내 대꾸하지 않자 대화는 언제나처럼 《앤서니 애드버스》로 넘어갔다가 미국의 아이스크림 사랑으로 옮겨 간다. 4시쯤 식사가 끝나자(미국에서는 왜 오후에 차 마시는 시간이 없는지 알 것 같다) 우리는 다시 발코니로 나간다. 모두가 인디언 서머*라며 한마디씩 한다.

내 옆에는 어느새 노신사가 앉아 있는데, 내가 쓴 책 얘기를 들려달라고 정중하게 청한다. 진심일 리는 없다고 생각하면서도 마음은 고맙게 받는다. 대신 나는 대영박물관 얘기를 꺼내는데 나보다 훨씬 잘 아는 것 같다. 또 어쩌다 보니 송어 낚시 얘기가 나오지만 우리 둘 다 아는 게 없어서 곧바로 달러 얘기로 넘어간다.

얼마 후 아서가 다시 절망에 빠진 얼굴을 하고는 차를 타고 60킬로미터를 가야 하니 아쉽지만 그만 작별해야 한다고 이른다. 우리도 **원하지** 않지만 다른 방법이 없다면서.

그 뒤로도 우리는 35분쯤 뭉그적거리며 떠나게 되어 정말 유감이라는 말을 수없이 되풀이하고 모두에게 몹시 아쉽다는 말을

---

* 북아메리카에서 늦가을이 오기 전에 비정상적으로 따뜻한 날이 이어지는 기후 현상.

수없이 듣는다. 마침내 차에 타지만 자리를 다 차지한 야회복 가방들을 보고 아서는 또 한 번 이게 다 편한 옷을 입지 못하게 하는 그 집 여주인 때문이라고 투덜거린다.

안개가 짙어지는 바람에(인디언 서머의 특징일까?) 운전사가 두세 번 길을 잘못 들지만 그래도 빠져나가는 길을 잘 안다고 한다. 빌리는 조용히 잠이 든다. 아서와 나는 한동안 목소리를 낮추고 얘기하지만 시간이 갈수록 흥분해서 점점 목소리가 커진다. 결국 빌리가 깨더니 자기는 눈을 감은 적이 없다고 우긴다.

이윽고 모두가 침묵하자 나는 로버트와 아이들 생각에 빠진다. 아, 대서양이 얼마나 넓고 깊은가. 평소처럼 머릿속에서 나를 포함해 모두가 바다에 여러 번 빠져 수장된 뒤에야 목적지에 도착한다.

차에서 내리면서 빌리가 여행 가방 하나에 걸려 넘어지며 욕설을 퍼붓는다. 아서는 내게 그림들을 꼭 봐야 **한다고** 속삭인다. 이 집 주인은 훌륭한 그림을 많이 소장하고 있어서 손님들이 보고 감탄해야 좋아한다는 것이다. 그 말에 나는 완전히 평정을 잃는다. 세련되고 멋진 집사가 우리를 안내하지만 그를 따라 방을 지나갈 때마다 그 안에 있는 그림만 보게 된다. 그러다 우리를 맞이하러 우아하게 나오는 여주인과 부딪칠 뻔한다. 게다가 그림 얘기를 언제쯤 해야 할지, 그림에 조예가 있다는 인상을 주려면 무슨 말을 해야 할지 생각하느라 어서 오라는 그녀의 외침에 **건성으로** 대답하고 만다. 그녀가 야회복을 가져왔냐고 물으며 옷 갈아입을 방을 마련해 놓았다고 하자 그제야 정신이 든다.

저토록 야회복을 고집하다니 참으로 인상적이다. 흥미로운 생각이 꼬리를 물고 이어진다. 혹시 일종의 집착증이 아닐까? 그렇다면 정신 분석을 받아야 하지 않나? 비용이 많이 들겠지만 이 여자에게는 문제가 되지 않을 것 같다.

여주인이 전문의 두 명과 노련한 간호사 한 명이 있는 호화로운 요양원에 들어가는 광경을 상상하고 있을 때 그녀가 다시 야회복 얘기를 꺼내며 올라가서 옷 갈아입을 방을 보라고 채근한다. 우리는 그녀를 따라 위층으로 올라간다. 계단뿐 아니라 기다란 복도에도 많은 그림이 걸려 있다. 아서가 "저 훌륭한 툴루즈 로트레크의 그림"이라고 말하는 소리를 듣고 정신없이 주위를 둘러보지만 그중 어떤 그림을 말하는 건지 짐작도 가지 않는다. 내가 싫어하는 정물화가 간간이 섞여 있지만 그것을 제외하곤 모든 그림이 훌륭해 보이니까. 이윽고 나는 아서, 빌리와 헤어져 침실과 욕실, 응접실이 갖춰진 완벽한 공간으로 안내된다. 여주인이 걱정스럽게 묻는다. 이 정도로 괜찮으시겠어요?

네, 대체로 괜찮은 것 같네요.

(이 여자가 전용 욕실이나 툴루즈 로트레크의 그림조차 없는 내 허름한 집의 침실과, 로버트와 아이들과 고양이와 개와 내가 변변찮은 벽난로 주위에 옹기종기 모이곤 하는 아래층 응접실을 보면 어떻게 생각할지 궁금해진다. 그러다 다시 향수가 밀려들자 얼른 떨쳐 내고 책장 다섯 개에 꽂힌 책들을 보며 욕실에서 무얼 읽을까 고민해 본다.)

놀랍지만 너무나 다행스럽게도 필요한 물건을 잊지 않고 다 챙겨 왔다는 사실을 깨닫고 흡족해하며 화장을 하는데 하녀가 두 번이나 와서 도와주겠다고 한다. 내가 거절하자 다소 놀라는 얼굴이다. 세 개의 거울로 내 모습을 확인하며 내가 여주인보다 더 아름답다고 (옹졸하게) 결론 내린 뒤 편안한 마음으로 아래층으로 내려간다.

## 11월 5일, 두 번째 일기

미국 백만장자의 삶을 만난 게 틀림없다. 오늘 본 것과 먹은 것을 빠짐없이 기억해 놓았다가 여성회와 로버트에게 들려주기로 마음먹는다. 여주인은 연보라색 시폰 드레스로 갈아입고 커다란 자수정을 통째로 꿴 세 겹 목걸이와 적어도 열여섯 개는 되는 듯한 자수정 팔찌들로 치장한 채 응접실에서 기다리고 있다. 연보라색 시폰 드레스는 몰라도 커다란 자수정은 몹시 부럽다. 내게 잘 어울리겠다고 속으로 생각한다.

여주인은 활기가 넘친다. 세계 박람회와 남부, 캘리포니아 얘기를 흥미롭게 들려주며 남부는 무슨 일이 있어도 꼭 가야 하지만 캘리포니아는 과대평가된 측면이 있다고 한다. 그래도 날씨는 좋겠죠? 내가 묻자 날씨도 마찬가지라고 한다. 환상이 깨지자 아무리 돈이 많아도 이상적인 날씨를 살 수는 없다고 말하려다가 《페어차일드 가족의 역사》*가 떠올라 입을 다문다.

아서와 빌리가 내려온다. 이번에도 낯선 사람에게 에워싸여 있던 나는 그나마 아는 얼굴이 보이자 그들을 졸졸 따라다닌다. 모임 때마다 가족 옆에만 붙어 앉으려 하는 우리 로빈을 다시는 야단칠 수 없을 것 같다. 손님들이 도착한다. 상냥한 대머리 사내가 내게 다가와 꼭 다시 만나고 싶었다고 한다. 나는 우리가 만난 사이인 줄도 몰랐다는 사실을 숨기려 노력한다. 부디 성공했기를.

---

● 원제는 《The History of the Fairchild Family》. 도덕적 교훈을 강조한 것으로 유명한 19세기 영국 아동 시리즈 도서.

만찬 자리로 가보니 탁자는 반사 유리이고 바닥과 천장에도 반사 유리가 들어가 있다. 무척 인상적이지만 이런 장식을 좋아하지 않는 사람도 있을 것이다. 로버트와 우리 교구 목사님, 심지어 블렌킨숍 노부인이 이런 곳에 있는 광경은 아무리 애를 써도 상상할 수가 없다.

　식사 후 우리는 다른 응접실로 자리를 옮긴다. 내 옆에는 머리가 희끗희끗하고 노란 양단 드레스를 입은 여자가 앉아서 미국을 어떻게 생각하냐고 진지하게 묻는다. 그러고는 내가 시카고를 좋아하지 않을 텐데 원래 영국인들은 시카고를 좋아하지 않으며 그래도 보스턴은 좋아할 거라고 한다. 이 말에 반박하려는 찰나, 그녀가 내게 자기 커피를 쏟는다. 모두가 비명을 지르고 나는 벌떡 일어난다. 아주 비싸 보이는 페르시아 러그에 커피가 뚝뚝 떨어진다. 머리가 희끗희끗한 여자는 잘못을 인정하기는커녕 아주 침착하게 내가 팔꿈치로 커피를 쏟은 것 같다며 이걸 어쩌냐고 소리친다. 왜 거짓말을 하냐고, 당신이 실수해서 이 사달이 나지 않았냐고 솔직하면서도 예의 바르게 말하고 싶지만 너무 당황한 나머지 적당한 표현이 떠오르지 않는다. 그사이 머리가 희끗희끗한 여자가 먼저 나서서 찬물을 가져오라고 소리친다. 커피를 쏟았을 때는 뜨거운 물이 아니라 찬물이 더 좋다면서.

<sub>의문</sub> 어떻게 그렇게 잘 알까? 커피를 쏟는 게 오랜 습관인 듯.

스펀지로 커피를 빨아들이느라 한바탕 소동이 벌어지고 나자 모두가 괜찮을 거라고 입을 모은다. 이제 할 만큼 했으니 다른 얘기로 넘어가자는 뜻이다.

나는 머리가 희끗희끗한 여자에게서 최대한 멀찍이 떨어져 앉는다. 그녀는 모두에게 내가 만약 벨벳 드레스를 입고 있었다면 스펀지로 닦기보다는 수증기를 쐬게 했을 거라고 떠들고 있다. 하마터면 드레스도 망치고 축축한 옷을 입고 있다가 류머티즘성 열병에 걸릴 뻔했다.

남은 저녁은 **활기** 없이 흘러간다. 적어도 내게는.

**11월 6일**

시카고 일정이 끝나 간다. 피트는 어느 도시에 가든 서점을 꼭 순회하라고 마지막으로 진지하게 조언한 뒤 뉴욕으로 돌아가면서 우리가 조만간 다시 만날 거라고 한다. 부디 유쾌한 바람이기를, 협박이 아니기를 바라지만 어쩐지 확신이 서지 않는다.

**11월 7일**

한밤중에 잠이 깬다. 로버트에게 9월에 심어서 평소처럼 다락에 놓아 둔 실내용 구근식물에 물을 주라고 당부하는 걸 깜빡했다는 사실이 떠오른다. 아침에 전보를 쳐야겠다고 마음먹는다. 다시 까무룩 잠이 들려는 찰나, 전보를 치면 안 된다는 생각에 퍼뜩 깬다. 이유는 (a) 로버트가 놀랄 테니까. (b) 로버트가 쓸데없는 낭비라고 생각할 테니까. 구근식물 얘기는 그냥 편지에 쓰기로 한다.

마지막 사교 활동으로 하루를 채우고 세계 박람회에도 한 번 더 다녀온다. 고국에 있는 모든 사람의 선물을 사겠다고 호들갑을 떨고는 결국 캐럴라인 콘캐넌에게 줄, 거북이 달린 인도산 은 팔찌 하나만 산다. (이런 건 런던 집의 자리를 차지하지 않을 테니까. 하지만 부디 그녀가 어딘가에 놔두기보다는 팔에 차고 다니길.)

오후에 내 앞으로 전보가 도착하자 구근식물에 물을 줬다는 로버트의 전갈일 거라는 터무니없는 확신에 사로잡힌다. 하지만 곧 그런 우연이 일어날 가능성은 몹시 희박하다는 사실을 깨닫고 로빈이 축구 시합을 하다가 치명상을 입은 게 틀림없다는 생각에 빠진다. 열어 보니 몇 주 뒤 뉴욕에서 열리는 오찬 후 강연에 초청하는 장황한 초대장이다. '많은 저명 작가 참석 예정. 주요 인사 만나고 언론도. 이상 진심을 담아 캐서린 엘런 블럿.' 네 번쯤 읽은 뒤에야 이해가 된다. 나는 짤막한 거절의 메시지를 보낸다. 부디 예의를 갖췄길 바라면서.

아서의 가족과 마지막 저녁 식사를 하며 내년 여름에는 모두 함께 영국으로 와서 우리 집에 묵으라고 당부한다. 우리는 몹시 아쉬워하며 작별한다.

막 떠나려 하는데 또 전보가 온다. '다시 생각하기 바람. 거절 불가함. 문학계 오찬은 매우 중요하며 많은 언론이 올 것임. 편지 하겠음. 이상 진심을 담아 캐서린 엘런 블럿.'

어이가 없어서 나중에 답장하기로 한다.

아서가 역까지 배웅해 준다. 커다란 객차에 오르자 승객은 나 혼자다. 이제는 익숙해진 절차가 이어진다. 그중 하나는 비좁은 화장실에서 대충 씻는 것인데, 이 화장실에는 비누가 없고 대신 가루가 조금씩 나오는 이상한 장치가 달려 있다. 로버트가 보면 얼마나 질색할까 생각해 본다. 로버트를 생각하자 여느 때처럼 감정이 북받친다. 흔한 초록색 커튼이 쳐진 침대칸으로 들어가 감상에 젖을 준비를 하다가 문득 모자를 넣어 둔 초록색 종이봉투를 깔고 앉았다는 사실을 깨닫는다. 짐꾼이 침대에 놓아 둔 모양이다. 부아가 나면서 슬픔 내신 문노를 삼킨다.

## 11월 8일

미국인들이 야간 이동을 선호하는 경향을 곰곰 생각해 보다가 나는 야간 이동이 싫다는 결론을 내린다. 식사는 의심할 바 없이 훌륭하지만 그 밖의 모든 것이 열악하고 너무 이른 새벽에 도착한다는 점도 별로다.

클리블랜드에 도착하는 시각은 아침 8시, 잠에 취해 눈이 자꾸 감기고 도무지 기운이 나지 않는다. 서점에서 마중 나온 새파란 눈의 미스 V를 만난다. 피트에게 내 얘기를 많이 들었다고 한다. 그녀는 나와 함께 차에 오르지만 어디로 가는지 알려 주지 않고 자기가 가보지도 못한 윈체스터와 미국 소설, 시카고 세계 박람회 얘기만 늘어놓는다. (미국 여행이 끝나기 한참 전에 세계 박람회 얘기가 다 떨어져서 새로운 얘기를 꽤 많이 지어낼 거라는 예감이 든다.)

수많은 거리를 지나고 수많은 화려한 상점을 지나자 미스 V가 엄숙한 목소리로 **저기** 핼리 브라더스가 있다고 한다. '브라더스'라는 말에 나는 이 지역의 샴쌍둥이 명물이라도 되나 싶어 어디냐고 되묻는다. 알고 보니 핼리 브라더스는 거대한 백화점이다. 미스 V는 그 백화점 안에 있는 서점의 책임자다. 게다가 나는 클리블랜드에 있는 핼리 부인의 집에 묵을 예정이며 그 집에 거의 다 왔다는 사실도 곧 드러난다.

이 소식에 급하게 핸드백을 뒤지다가 립스틱을 기차에 두고 내렸다는 것을 깨닫는다. 분첩으로 최대한 화장을 고쳐 본다. 안색이 푸르뎅뎅하고 도무지 마음에 들지 않는 데다가, 설상가상, 물론 처음 있는 일은 아니지만, 기차에서 모자를 깔고 앉는 사고도 일어나지 않았는가.

이 모든 불행에도 핼리 부인은 나를 친절하게 맞아 주며 **아주 훌륭한** 침실을 보여 준다. 지금은 유럽에 있는 딸 캐서린의 방이며 아침 식사는 언제든 내가 원하는 시간에 준비해 주겠다고 한다. 캐서린의 침실을 조금 둘러보다가 내가 예전부터 읽으려 했던 책이 책장에 전부 꽂혀 있는 것을 발견하고 감탄한다. 캐서린은 공부에만 몰두한 사람이 틀림없다. 그런데 또 욕실에 가보니 색색의 유리병과 이국적인 크림 통이 가득하다. 다른 소소한 것에도 심취해 있는 모양이다.

아침 식사 자리에서 캐서린의 동생 제인을 만나 보니 내 추측이 맞는 것 같다. 제인은 무척 예쁘고 옷차림도 훌륭하며 이 세상 모든 일을 잘하는 게 분명하다. 내 어린 시절을 돌아보며 요즘 세대처럼 많은 기회를 누리지 못했다는 생각에 잠시 우울해진다. 그러나 그런 생각을 하는 것은 나뿐만이 아니라는 점, 나 역시 이런 생각을 드러내는 사람을 싫어하거나 경멸한다는 사실도 함께 떠올린다.

훌륭한 커피와 베이컨을 먹으니 기분이 한결 나아진다. 맛있는 식사로 달래지 못할 슬픔은 거의 없는 것 같다. 메모 이 점을 기억해 놓고 견딜 수 없는 기분이 들 때 써먹을 것.

오늘의 일정을 들어 보니 뜻밖에도 학교 세 군데를 둘러봐야 한다. 눈이 파란 미스 V가 내가 교육에 관심이 있다고 했다는 것이다. 그 말을 듣고 어쨌든 나는 교육에 관심을 가져야 하고 어쩌면 이미 관심이 있을 거라고 나름의 결론을 내린 뒤 우리 비키의 표현을 빌리면 아주 '기꼬이' 받아들인다.

오전에 학교를 순회하는데, 두 군데는 마음에 들지만 세 번째 학교에서 경악스러운 상황을 마주한다. 철저히 뉴에이지 방식을 지향한다는 이 학교는 아주 어린 아이들, 즉 2~9세 아이들이 어른의 개입 없이 나름의 생활 방식을 발전시키게 하는 것이 목표라고 한다.

우리는 이가 돌출되고 크레톤 사라사 셔츠를 입은 열성적인 여자의 안내를 받아 내 눈에는 전혀 일관성이 없어 보이는 다양한 생활 방식을 엿본다.

이 여자의 말에 따르면 이곳 아이들은 참견을 전혀 받지 않고 처벌도 받지 않는다. 최대한 개입하지 않고 그저 지켜볼 뿐이다. 이를 보여 주기 위해 그녀는 커다란 창문으로 놀이터가 내려다보이는 계단참으로 우리를 데려간다. 교사들과 부모들은 이곳에서 어린 인간들이 노는 모습을 지켜볼 수 있다고 한다. 놀이는 성격의 많은 특징을 보여 준다면서.

이 작은 인간들은 놀다가 고개만 들면 부모나 보호자가 이 창문에 코를 박고 열심히 들여다보고 있음을 알아챌 수밖에 없지만 굳이 따져 묻지 않는다.

뒤이어 미술과 공작, 목공 작품을 구경한다. 미술 작품은 대개 기형적인 집과, 인간과 동물을 표현했다고 하지만 흐릿한 빨간색과 초록색, 노란색 얼룩으로만 보일 뿐이다. 공작품은 엉성하게 접은 종이 상자와 파란 종이 깔개 따위이고, 목공 작품은 그저 수많은 나무토막과 약간의 톱밥이 전부다.

화장실을 들여다보고 나서는데 크레톤 셔츠를 입은 여자가 아이들은 각자의 컵에 작은 칫솔을 따로 보관한다고 열성적으로 설명한다. 체육관으로 내려가다가 미스 V가 가리키는 작은 창살이 쳐진 문을 들여다보고 우리 둘 다 하들짝 놀린다.

세 살쯤 된 듯한 꼬마가 조그만 탁자를 앞에 두고 조그만 의자에 혼자 앉아 접시를 바라보며 생각에 잠겨 있다. 나는 크레톤 셔츠 여자에게 묻는다. 뭘 하는 거죠? 그녀는 불편한 얼굴로 대꾸한다. 아, 섭식 문제아예요.

우리 셋은 도무지 알 수 없는 이 불편한 문제에 대해 생각해 본다. 아이가 고마워하는 얼굴로 흥미로운 듯 우리를 바라보자 우리는 얼른 그곳을 떠난다.

지금 비키가 교육받고 있는(어쨌든 그러길 바라는) 지극히 멀쩡한 학교에서 뉴에이지 방식을 택한다면 심히 유감스러울 것 같다.

**11월 9일**

클리블랜드 생활은 즐겁지만 정신없이 돌아간다. 피트가 마련한 서점 강연회 자리에서는 놀랍게도 미국의 저명한 작가 로웰 토머스가 나에 앞서 아주 재미있는 강연을 한다. 미스 V에 따르면 로웰 토머스는 자기 책에 초록색 잉크로만 사인하기 때문에 초록색 잉크를 찾아 서점을 다 뒤엎었다고 한다. 그 말에 나도 놀라며 초록색 잉크 찾기에 동참한다. 마침내 잉크가 나오자 나는 거기에 로웰 토머스의 이름표를 붙이고 그에게 이 잉크가 지난번 방문 이후로 줄곧 기다리고 있었다고 얘기하면 좋겠다고 제안한다. 독창적이지만 그리 솔직하지 못한 이 제안이 실행되었는지 여부는 안타깝게도 듣지 못한다.

나중에 로웰 토머스와 악수를 하고 나자 그가 꽤 마음에 들어서 그의 책을 두 권 산다. 둘 다 아라비아 얘기라 로버트가 좋아할 것 같다. 그는 두 권의 책에 초록색 잉크로 사인을 해준다. 나도 미스 V에게 구식 깃펜과 파란 압지를 준비하지 않으면 절대 사인하지 않겠다고 말해 볼까 진지하게 고민해 본다.

손을 씻고 오겠다는 나의 사소한 요청에 재미있는 상황이 벌어진다. 미스 V는 걱정스러운 얼굴로 **아주 조심해야** 한다고 귀띔한다. 지난해에 퓰리처상을 받은 유명한 작가가 화장실 문을 잠갔다가 열지 못했다는 것이다. 작가의 목소리를 아무도 듣지 못했고 모두가 그녀를 찾아 백화점을 살살이 뒤지면서도 그런 상황은 상상하지 못했다고 미스 V는 한껏 흥분하며 말한다. 결국 한 남자가 문을 부쉈다고 한다.

나는 이 비극을 듣고 경악하며 아주 조심하겠다고 약속하지만, 그래도 미스 V는 내가 위험한 모험을 삼가기를 바라는 눈치다. 게다가 기이하고 좁은 통로를 지나는 길에 적어도 세 명의 젊은 직원이 한 번씩 나를 붙잡고는, 지난해에 퓰리처상 수상 작가가 그 안에 갇혀 몇 시간 동안 나오지 못했고 결국 어떤 남자가 불려 와 문을 부쉈다고 주의를 준다. 겨우살이의 전설*이 떠오르고, 이 불온한 현대판 겨우살이의 전설이 이미 문학으로 재현되었을까, 아니라면 어떻게 재현할 수 있을까 생각해 본다.

갖가지 영감이 머리를 스치지만 나중에 정리해야 할 것 같다. 나는 사람들의 주의를 떠올리며 문을 잠근 뒤 마침내 어렵지 않게 연다.

퓰리처상 수상 작가는 유난히 운이 없었거나 기이하리만치 손재주가 없었던 모양이다. 핼리 부인이 나를 태우고 집으로 돌아가는 길에 퓰리처상 수상 작가의 불행한 사건을 또 한 번 들려주고는 눈치껏 만찬 전에 잠깐 쉬라고 제안한다.

(미국 여자들이 손님에게 숨 쉴 틈도 안 준다는 소문은 확실히 부당한 것 같다.)

---

* 영국의 많은 대저택에 관해 떠도는 유명한 전설로, 숨바꼭질하던 신부가 겨우살이 화관을 쓴 채 다락의 나무 상자 안에 숨었다가 뚜껑이 잠겨 나오지 못하고 수년 뒤 해골로 발견됐다는 이야기.

## 11월 10일

내키지 않는 마음으로 클리블랜드에 작별을 고한다. 마지막 하루는 서점에 가서 사인을 한 뒤(조만간 자면서도 할 수 있게 될 듯) 핼리 가족과 함께 『헨리 8세의 사생활』*이라는 영화를 감상하며 보낸다. 찰스 로튼은 평소처럼 훌륭한 연기를 보여 주지만 영화 자체는 과대 평가된 것 같다. 내가 찰스 로튼을 만날 수만 있다면 언제든 집을 떠날 수 있다고 하자 핼리 부인은 몹시 놀란 얼굴로 나를 본다. 그냥 말이 그렇다는 거라고 황급히 덧붙인다. 그런 뒤 그녀가 나를 역으로 데려다주고 우리는 영국에서든 다른 어디서든 다시 만나기를 기원하며 다정하게 헤어진다.

    기차에 오르려 하는데, 미스 V가 방금 받았다고 하며 영국에서 온 우편물을 들고 나타난다. 다음 목적지로 보내면 늦게 받을 것 같아서 부지런히 가져왔다는 것이다. 어찌나 고마운지. 나는 기차에 오른 뒤 오랜만에 방해 없이 당장 편지를 읽는 호사를 누린다.

---

* 원제는 『Private Life of Henry VIII』.

로버트와 비키, 로빈은 모두 잘 지내고 있다. 로버트는 영국 재향 군인회 음악회로 정신이 없었다. 잘 치르긴 했지만 반주자 한 명이 갑자기 독감에 걸리는 바람에 대타를 찾느라 무척 힘들었다고 한다. 미스 팬커톤이 바이올린 독주를 했는데 너무 길었다고. 어련하실까. 정원에 관해선 딱히 할 말이 없지만 실내용 구근식물 하나가 생명의 기운을 보인다고 한다. 이건 그리 반가운 소식이 아니다. 내가 직접 보살폈다면 훨씬 잘 자랐을 테니까. 이른 로만 히아신스는 지금쯤 훌쩍 자랐을 것이다.

남은 소식은 레이디 복스가 내년 여름 마을에서 시대극 가장행렬을 열자고 제안했다는 것이다. 자기가 스코틀랜드의 메리 여왕을 맡을 테니 나머지는 모리스 댄스를 추거나 어릿광대 아니면 기사, 농민 따위로 분장하라고 했다. 로버트와 우리 교구 목사님은 단호히 반대했고 목사님 아내는 직을 내려놓겠다고 으름장을 놓았다. 목사님 아내의 직은 원한다고 내려놓을 수 있는 게 아니지만 그녀의 심정에 십분 공감되어 전보로 소식을 전할까 진지하게 고민한다.

그나저나 왜 하필 스코틀랜드의 메리 여왕일까? 데번주의 외딴 마을과 그 여왕이 무슨 관계가 있다고? 아무리 생각해도 레이디 복스는 진주 목걸이를 제대로 과시할 방법을 고민한 것 같다.

사랑하는 친구 로즈가 놀랍게도 아직 나의 존재를 기억하고 (틀림없이 내가 런던을 떠난 뒤에도 가끔 흥미로운 엽서를 보낸 덕분이 겠지만) 즐겁게 여행하고 있길 바란다는 짤막한 편지를 썼다. 런던은 몹시 춥고 안개가 자욱해서 미국에 있는 내가 부럽다고 한다. 최근에 다녀온 음악회와 아동 지도 강연, 새로운 연극을 몇 편 열거하고는 마지막에 '사랑을 담아 영원히 너의 로즈가.'라고 적었다. 추신에서는 애거사가 베티의 오빠와 약혼했다면서 느낌표를 세 개나 붙였다.

아무리 생각해도 나는 애거사나 베티, 베티의 오빠라는 사람을 들어 본 적이 없다.

다음으로 캐럴라인 콘캐넌이 보낸 커다란 봉투가 나온다. 안에는 작은 봉투가 여럿 들어 있는데 전부 청구서인 것 같다. 입장료가 1기니인 공개 만찬 초대장과 오랫동안 내게서 소식이 없어 궁금하다는 옛 친구 시시 크래브의 엽서도 들어 있고, 캐럴라인 콘캐넌이 직접 쓴 편지도 있다.

이 편지에는 저명 인사들의 놀라운 행동과 재미있는 추문이 가득 적혀 있다. 캐럴라인 콘캐넌은 또한 내가 즐거워할 얘기가 있다고 한다. 자기 친한 친구가 아내와 이혼하려고 준비 중인데 무려 열두 명의 간통자가 인용될 것이며 훨씬 더 많을 수도 있지만 일단 열두 명만 확인됐다고 한다. 내가 이런 얘기를 즐거워할 거라 생각했다니 기분이 썩 좋지 않지만 다시 생각해 보니 그녀의 판단이 크게 잘못된 건 아니다.

마지막 장에 이르러 그녀가 로빈의 학교와 비키의 학교에 모두 다녀왔다는 소식을 읽고 완전히 용서하기로 한다. 게다가 그녀는 로빈이 부둣가 자동판매기에 동전을 넣고 무엇을 샀는지, 비키의 식사는 어떠한지 등, 두 아이에 대해 상세하고도 흡족한 이야기를 잔뜩 적었다.

언제나처럼 도티가 집에 아무 문제도 없다는 포괄적이고 낙관적인 말로 편지를 마무리했다. 카펫 세탁이 시급한데 내가 돌아가기 전에 알아서 처리할 것이며 사실은 샹들리에도 새까맣다고 덧붙였다.

다음으로 파란 봉투에 글씨를 마구 휘갈겨 쓴 펠리시티의 편지가 나온다. 그녀는 내가 돈을 벌고 있기를 바란다고 한다. 자신은 은행 당좌 대월을 도무지 채워 넣을 수 없고, 지난 여섯 달 동안 **분명히** 평소보다 돈을 적게 썼는데도 그렇다는 것이다. 우리 아이들이 잘 지내기를 바라고 나도 무사히 돌아오기를 기원한다면서 다시 돈 얘기로 편지를 마무리했다. 아무래도 머릿속이 돈 생각으로 가득한 것 같다. 안쓰러운 마음이 들어 토론토에 가면 엽서를 보내기로 마음먹는다.

남은 우편물은 사내아이의 바지에 관한 설명이 적힌 세탁소의 편지와(이미 여러 주가 지난 편지라 어떤 옷을 말하는 건지 전혀 기억나지 않는다) 윌리엄 4세 재위 기간에 설립되었다는 어느 협회의 구걸 편지, 도무지 알아볼 수 없는 메리 켈웨이의 편지다.

소중한 친구 메리는 워낙 재미있고 독창적인 사람이라 편지를 해독해 보려 갖은 애를 쓰지만 알아볼 수 있는 거라곤 (당연히 이미 알고 있는) 내 이름과, 그녀의 남편이 그동안 바빴다는 내용뿐이다. 연필과 제라늄 때문이었다고 하는데 내가 잘못 읽은 게 분명하다. 그녀의 세 아이도 어딘가로 갔다고 하지만 침실인지 교실인지 선실인지 도무지 모르겠다. 어딘가로 이주했다는 얘기 같기도 한데 역시 브라이턴인지 일포드인지 이집트인지 모르겠다.

차근차근 해독할 여유가 있을 때 다시 읽어 보고 내용을 정확히 파악하기 전까지는 말을 삼가야 할 것 같다. 그때까지는 메리에게 엽서를 보내지 않으리라. 그래도 가능한 한 빨리 해결하기로 마음먹는다.

## 11월 11일

새벽 5시 55분이라는 터무니없는 시각에 토론토에 도착한다. 동이 트기도 전에 세관 검사로 하루를 시작해야 하다니, 두 번 다시 야간 이동은 하지 않으리라 결심한다. 캐나다를 살펴보려고 창문에 얼굴을 바싹 붙여도 한동안 아무것도 보이지 않는다. 결국 아름다운 일출 광경이 모든 것을 보상해 주지만 눈꺼풀이 뻑뻑하고 인지력이 바닥까지 떨어져 있다. 몸의 상태가 예술 감각을 좌지우지하는 현상에 대해 심오한 사색을 이어 가다가 나도 모르게 우리 아이들이 익사하는 악몽에서 퍼뜩 깨어난다. 책 두 권과 장갑 한 짝이 바닥에 떨어져 있다.

흑인 짐꾼이 옷솔을 들고 나타난다. 내가 이런 꼴로는 캐나다 세관을 통과할 수 없다고 생각한 모양이다. 그의 판단이 옳은 것 같아서 나는 마지못해 자리에서 일어나 옷솔질을 받은 뒤 바로 다시 앉는다. 먼지를 그대로 덮어쓸 게 분명하다. 머뭇거리며 짐꾼에게 10센트를 내밀자 그는 질린 표정을 지을 뿐 아무 말도 하지 않는다.

열차에서 내리자 낯설고 차가운 승강장에서 짐에 에워싸인 채 서 있는 내 모습이 이제는 그리 낯설게 느껴지지 않는다. 다만,

생각보다 훨씬 늙어 보일 게 분명하다.

캐나다에서 묵게 될 집의 주인 부부가 고맙게도 나를 마중 나왔다. 이른 시각에 일어났을 테고 날도 추운데 여주인의 얼굴이 멀쩡하다는 사실에 감탄한다. 내가 읊조리는 소리가 들린다.

세월에도 조수에도 그녀는 한결같네.
눈 오는 11월에도 꽃 피는 6월에도.

캐나다인 주인 리 씨가 뭐라고 했냐고 묻는다. 아무것도 아니에요. 나는 얼른 대꾸한다. 혼잣말을 하는 건 신경 쇠약의 확실한 징후로 알려져 있지 않은가. 나는 이를 악물고 속으로 되뇐다. 나는 **완전히** 깨어 있으며 이미 하루가 시작되었다고. 사실 하루는 몇 시간 전에 이미 시작되었고 조만간 진한 커피 한 잔을 마시면 평소와 비슷한 수준의 각성에 이를 것이다.

리 씨는 선량해 보인다. 그보다 몇 살 더 어려 보이는 아름다운 리 부인은 쾌활한 태도로 나를 역 앞에 서 있는 작은 차로 안내한다.

차는 벌써 가득 차 있다. 검은 옷을 입은 나이 지긋한 부인과 커다란 개, 머리를 양 갈래로 땋은 소녀가 타고 있다. 이들은 리 부부의 가까운 이웃이라고 한다. 생판 모르는 사람을 마중하기 위해 새벽 4시에 집을 나선 이유가 대체 뭐냐고 묻고 싶지만 참는다.

  머지않아 그 답을 듣게 된다. 나이아가라 폭포가 겨우 130킬로미터 거리에 있어서 그곳에 들렀다 가려 하는데, 함께 탄 미니라는 소녀도 아직 그 폭포를 보지 못해서 따라왔다는 것이다. 이 말에 미니가 자리에서 들썩거리자 아이 엄마가 조용히 하라고 타이른다. 아이 엄마는 미니가 감수성이 아주 예민하다고 한다. 지금까지 그랬고 앞으로도 그럴 것 같단다. 의사는 미니가 아홉 살이지만 지능은 열다섯 살 수준이라고 했단다. 내가 미니를 보자 그 애는 흥미로운 표정을 지으며 머리를 한쪽으로 기울인다. 그 모습에 나는 얼른 고개를 돌린다. 어쩐지 미니를 싫어하게 될 것 같다. (이런 인상은 날이 갈수록 확실해진다.) 반면, 내가 무엇보다도 아침 식사와 목욕을 원할 거라며 나이아가라로 가는 길에 둘 다 하게 될 거라고 토닥이는 리 부인에게는 애정에 가까운 고마움이 싹튼다. 제 짐은 어떻게 되나요? 내가 묻자 해밀턴 근처에 사는 친척의 친구가 이따 찾아서 리 부부의 집으로 보내기로 했다고 한다. 무척 인상적이다. 힘을 합쳐 손님을 맞이하는 게 캐나다 사람들의 특징인 모양이다. 고국에 돌아가면 여성회에서 이 주제로 강연을 하기로 마음먹는다.

미니의 엄마가 돌연 묻는다. 우리가 서로를 돕지 않는다면 살아갈 이유가 없는 것 아닌가요? 저는 오래전부터 '손을 내밀어라'를 인생의 좌우명으로 삼았답니다. 그 말에 갑자기 진저리가 난다. 상부상조의 미덕에 대해 여성회에서 강연하려던 마음을 접는다.

차가 속도를 내서 널찍한 길을 달려가지만 뒷자리가 너무 비좁은 탓에 미니가 내 정강이를 두 번 차고 한 번은 팔꿈치로 내 얼굴을 때린다. 얼마 후 우리는 숲속에 있는 집에 도착한다.

나는 리 부인에게 여기가 집이냐고 조심스레 묻는다. 어머, 아니에요. 리 부부는 토론토 반대편에 살고 있다고 한다. 이곳은 닥터 맥어피의 집이며 모두 여기서 아침을 먹을 예정이다. 목욕도 하셔야죠. 리 부인이 다정하게 나를 보며 덧붙인다. 닥터 맥어피와 그의 아내는 둘 다 스코틀랜드 출신이라고 한다. 그들이 친절하게 우리를 맞이하자 리 부인이 내게 얼른 욕실을 쓰라고 재촉한다.

기분 좋게 목욕을 마치고 내려오자 배가 몹시 고프다. 아침보다는 점심에 가까울 거라 생각하며 시계를 보니 겨우 7시 30분이다. 어느새 나는 잠자리에 들기 전까지 몇 시간을 버텨야 하나 계산하고 있다 결가기 나오자 힘이 빠진다.

그래도 훌륭한 아침을 먹고 나니 다시 기운이 난다. 우리는 여러 화제를 아우른다. 아메리카 대륙 얘기가 나오면서 미국과 캐나다는 아주 다르다고들 하고 오히려 캐나다가 영연방 자치령이라 고국의 삶과 아주 비슷하다고 한다. 그 밖에도 올해 유난히 눈이 일찍 온 이유와 내가 시카고 세계 박람회에서 느낀 점에 대해 이야기가 오간다.

미니가 자꾸 끼어들며 베이컨을 꼭 먹어야 하냐고 묻거나 자기는 큰 배를 타고 영국에 가면 멀미를 심하게 할 것 같다는 말을 재잘거린다. 모두가 웃음을 터트리지만 나는 그저 웃는 척할 뿐이다. 아이 엄마는 아이가 말을 기막히게 하는데 아주 어릴 때부터 그랬다고 한다. 미니가 더 어릴 때 쏟아낸 기막힌 말이 줄줄이 이어지자 나는 로빈과 비키가 했던 훨씬 더 기막힌 말을 모조리 떠올린다. 최대한 기회를 봐서 얘기하려 하지만 미니 엄마는 조금도 틈을 주지 않는다.

나이아가라를 보러 가면서 이 폭포는 **미국** 쪽에서 보는 것보다 **캐나다** 쪽에서 보는 게 훨씬 더 멋있으니 꼭 이쪽에서 봐야 한다는 얘기가 수없이 오간다. 이곳 사람들 관점에서 보면 이해가 되지만 부디 다음 목적지인 미국 버펄로의 주민들은 애국심이 유별나지 않기를 바랄 뿐이다. 똑같은 폭포를 보기 위해 또다시 먼

길을 가는 일은 피하고 싶으니까.

그러나 막상 폭포를 보자 너무도 감동한 나머지 나의 느낌을 자유롭게 드러낸다. 남편 리 씨는 밤에 전깃불이 들어올 때에도 꼭 봐야 한다고 하지만 리 부인은 아니라고, 오히려 저속해 보인다고 한다. 나는 두 사람 모두에게 동조한다. 미니의 엄마가 아이에게 나이아가라를 직접 보니 어떠냐고 묻자 아이는 빨리 저녁을 먹고 싶다고 한다. 결국 우리는 곧장 호텔로 향한다.

나는 엽서를 여러 장 사는데, 미니가 나를 유심히 보더니 자기도 엽서를 모은다고 한다. 내가 마지못해 하나를 내주자 미니 엄마는 내가 무척 친절하다고 칭찬한다. 나는 속으로 고개를 끄덕인다. 돌아가는 길에는 이 생각이 더욱 공고해진다. 미니가 내 무릎에 앉더니 사람을 잡아먹지 않는 악어와 도둑질로 먹고사는 사람과 서커스단의 난쟁이 중 하나가 되어야 한다면 뭐가 되고 싶냐는 따위의 질문을 끊임없이 퍼붓기에 하는 말이다. 비몽사몽 상태로 터무니없는 질문에 대답하면서 미니의 엄마가 말하는 소리가 아득히 들려온다. 미니는 자기를 엄마가 아닌 큰언니처럼 생각해서 요 작은 머릿속에 떠오르는 생각을 죄다 얘기한다나. 어쨌든 아이들을 전적으로 믿어 주는 게 중요하지 않겠어요?

지금 내게 중요한 건 숙면뿐이다.

마침내 리 부부의 집에 도착한다. 토론토 시내가 아니라 외곽을 벗어난 곳이다. 미니 모녀가 그들의 집 앞에서 내리며 조만간 찾아오겠다고 한다. 차에서 내리자 놀랍도록 몸이 쑤시고 몹시 추운 데다 완전히 지쳤다.

별수 없이 리 부인에게 내 상태를 솔직하게 털어놓자 고맙게도 그녀는 침대를 권한다. 나는 미안하다고 하며 침대로 들어간다.

**11월 12일**

비교적 조용히 하루를 보내고 나자 기분이 한결 나아졌다. 주인 부부 역시 집에서 쉬는 게 좋겠다고 한다. 게다가 눈이 사납게 내리고 있어서 나는 고마워하며 한참 밀린 편지를 쓴다.

오후와 저녁은 대화를 나누며 차분하게 보낸다. 리 씨는 영국 왕실에 관해 알고 싶어 하지만 안타깝게도 신문에 나온 것 외에 내가 딱히 보탤 얘기가 없다. 리 부인은 브리지 놀이를 많이 하냐고 묻는다. 그러고는 황급히 덧붙인다. 일요일 말고 다른 날에 말예요. 나는 무슨 요일에든 브리지를 거의 하지 않는다고 했다가 대답이 부실한가 싶어서 내 남편은 카드놀이를 잘하는 편이라고 덧붙인다. 이번에는 리 씨가 정원을 직접 가꾸냐고 묻는다. 아뇨. 안타깝게도 아니랍니다. 그는 실망한 것 같지만 그래도 책 쓰는 일이 시간을 많이 잡아먹을 거라고 너그럽게 덧붙인다. 내가 그렇다고 하자 한동안 대화가 끊어진다.

진땀 나는 시간을 보내고 나자 조용히 앉아서 이 점에 대해 생각해 보고 싶다. 잘 모르는 사람과 일관성 있는 대화를 이어 가기가 어려운 이유는 뭘까? 알렉산더 울컷 선생이라면 어려움 없이 성공적으로 대화를 이끌었을 거라는 공허한 생각이 머리를 스친다. 그에게 이런 내용으로 엽서를 쓰면 어떨까. 만약 그런다면 나이아가라 폭포가 그려진 엽서에 써야 할까 하는 (더 공허한) 고민에 빠진다.


### 11월 12일, 두 번째 일기

캐나다 방문의 주요 목적인 작은 강연을 무사히 끝냈다. 청중은 열성적이진 않지만 대체로 친절하다. 리 부인은 내가 몹시 긴장한 것 같더라고 한다. 이보다 더 기운 빠지는 말이 있을까?

고맙세노 리 씨가 영연방에서 가장 높은 건물인 은행 건물에 데려가 준다. 우리는 회의실과 사무실을 훑어보고 마지막으로 커다란 철문이 달린 지하 금고실로 간다. 이 철문은 너무 무거워서 두 사람이 힘을 합쳐야 열 수 있다고 한다. 허락을 받아 안으로 들어간 나는 벽에 붙어 있는 경고문을 보고 경악한다. 불의의 사고로 금고실 안에 갇히더라도 몇 시간 동안 공기가 공급되니 당황하지 말라는 내용이다. 정확한 시간을 명시하지 않고 그저 '몇'시간이라고 한 것이 영 꺼림칙하다. 이곳에 갇혀 '몇' 시간이 정확히 얼마나 될지 가늠하며 하염없이 기다리는 광경을 상상하니 오싹해진다. 혹시 이 안에 누가 갇힌 적이 있는지, 그렇다면 미친 상태로 나오지 않았는지 묻자 리 씨는 자기가 들은 바로는 없다고 짧게 대꾸한다. 대수롭지 않게 생각하는 것 같다.

은행에 갈 때마다 냉혹하다는 느낌을 자주 받았는데 지금 보니 그럴 만한 이유가 있었다.

리 부부와 편안한 저녁 시간을 보내고 있는데 9시쯤 미니 모녀가 찾아와 30분 동안 미니 얘기를 늘어놓는다. 나는 모르는 사람에게 로빈 얘기도 비키 얘기도 길게 늘어놓지 않으리라 굳게 결심하며 잠자리에 든다.

메모 로버트에게도 이 결심을 알릴 것. 그는 틀림없이 반가워할 것이다.

## 11월 13일

오후 5시 기차를 타고 버펄로로 갈 예정이다. 놀랍게도 이번에는 야간 이동이 아니라 4시간 30분 뒤면 도착한다는 사실을 깨닫고 안도한다. 고맙게도 리 부부가 나를 위해 오찬을 열어 준다. 미니는 오지 않지만 그 애 엄마가 와서 또 한 번 미니 얘기를 한없이 늘어놓는다. 캐나다와 미국의 장점을 비교해 달라는 요청을 여러 번 받지만 아주 예민한 문제인 것 같으니 확실한 의견을 내놓지 않는 편이 좋을 듯. 대신 영국 소설가들로 화제를 돌린다. 러디어드 키플링의 인기가 대단하고 휴 월폴도 떠오르는 흥미로운 작가로 여겨진다. 몇 사람은 퀘벡에 꼭 가보라고 당부한다.

지금은 불가능한 일이니 그저 꼭 가보고 싶지만 그럴 수 없어서 대단히 아쉽다는 말만 되풀이한다. 물정에 밝아 보이는 여성이 내게 해럴드 니컬슨\*도 퀘벡에 갔었고 그곳을 무척 좋아했다고 한다. 모두가 감탄하며 정적이 감돌자 나를 잠시나마 허공으로 붕 띄워 올린 바람이 사그라지며 한없이 초라해지는 기분이 든다.

---

* 영국의 문학평론가이며, 작가인 비타 색빌웨스트의 남편이기도 하다.

얼마 후 주인이 나를 살짝 불러내더니 내가 옛 본국에서 신선한 바람을 몰고 왔다면서 내년에 꼭 다시 오라는 말로 기운을 한껏 북돋워 준다. 나는 감동한 나머지 무모하게도 그러겠다고 약속한다. 모두가 더없이 다정하게 작별 인사를 건네고 지금껏 있는 줄도 몰랐던 신사가 이따 역 쪽으로 갈 일이 있으니 나를 태워다 주겠다고 한다. 미니의 엄마가 우리 아이들을 위해 작은 선물을 준비했으니 잠깐 길 건너 집에 가서 가져오겠다고 하자 그동안 그녀를 미워한 일이 한없이 부끄러워진다. 집에 다녀온 그녀는 우리 아들이 좋아할 거라며 군용 연발 권총을 내민다. 그 애가 분명히 좋아할 거라고 아주 솔직하게 대답하지만, 나와 로버트가 어떻게 생각할지는 물어보지 않아서 다행이다.

나는 내심 이 권총이 무서워서 손가방 안에 그나마 공간이 있는 구석에 어렵사리 끼워 넣고 출발한다.

이 때문에 기이한 일이 벌어진다. 기차에서 저녁을 먹고 있는데 세관원이 나를 부르는 것이다. 대체 무슨 일일까 생각하다가 싱싱 교도소\*의 풍경들이 떠오르고 급기야는 클래런스 대로\*에게 상황을 설명하고 변론을 부탁하기로 마음먹는다. 어쨌든 이름

---

● 뉴욕 주립 교도소.
▲ 20세기 초에 유명해진 미국의 인권 변호사.

을 아는 미국 변호사가 그 사람밖에 없으니까.

통로에서 세관원이 아주 심각한 얼굴로 기다리다가 내게 묻는다. 특등 객차에 모피 외투를 덮어 놓은 갈색 손가방의 주인이십니까? 네, 맞아요. 그러자 그는 권총을 꼭 갖고 다녀야 하냐고 묻는다. 순간, 나를 보호하기 위해 그럴 수밖에 없었다고 대답하려다가 애써 참는다. 경솔하게 대답했다가는 공연히 곤란한 상황을 겪을 수도 있음을 늦지 않게 깨닫고 권총이 내 손에 들어온 경위를 솔직하게 설명하는 현명한 노선을 택한다.

그는 공감하며 자기도 가정적인 사람이라고 한다. (문득 찰스 디킨스의 소설에 나오는, '나도 엄마거든요, 코퍼플 씨' 하는 대사가 연상된다. 그러나 세관원은 문학을 잘 모를 수도 있고 디킨스보다는 마크 트웨인을 더 좋아할지도 모르니 굳이 말하지 않기로.)

대화가 이어지면서 세관원의 가족 모두의 이름과 나이를 알게 되고, 나 역시 로빈과 비키가 개 콜리노스와 함께 정원에서 노는 모습이 담긴 작은 사진을 보여 준다. 세관원은 멋진 개라며 무슨 종이냐고 물어볼 뿐 로빈과 비키에 관해선 아무 말도 하지 않는다. 조금 서운하지만 생각해 보니 나도 부모로서 다른 집 아이들에게 그닥 관심이 가지 않는 현상을 이미 경험하지 않았는가.

## 11월 13일, 두 번째 일기

어쩐 일로 기차가 예정보다 빨리 버펄로에 도착한다. 널찍하고 매우 세련된 역이 나를 맞이한다. 역사의 거대한 홀을 서성이려니 그 넓은 홀을 내가 독차지한 것 같다. 내 짐을 맡은 빨간 모자를 쓴 짐꾼은 마치 그 일이 자신의 숙명인 양 영원히 서 있을 기세다. 어쨌든 곧 누군가가 마중 나올 거라고 아무리 말해도 움직이지 않는다.

나도 내 말이 사실이기를 바라지만 시간이 갈수록 의심이 든다. 얼마 후 모피를 입은 키 큰 여자가 나타나 주위를 두리번거린다. 내가 묻는다. "리빙스턴 박사님?"* 물론, 속으로 말이다. 사실은 그녀에게 다가가 이렇게 묻는다. 혹시 워커 부인이신가요? 여자는 자신 없는 목소리로 대답한다. 아뇨, 저는 워커가 아니랍니다. 우리는 속수무책 하염없이 서로를 바라본다. 얼마 후 그녀가 더 자신 없는 목소리로 덧붙인다. 저는 루엘라 화이트 클락슨이에요. 이 말에 적당한 대답이 떠오르지 않는다. 내가 그저 아, 하고 탄식한 뒤 우리는 말없이 멀어지지만 둘 다 역 안을 배회하다가 몇 번

---

* 19세기에 아프리카를 탐험한 영국의 선교사 데이비드 리빙스턴이 실종되었을 때 수색대로 파견된 〈뉴욕 헤럴드〉의 기자 헨리 스탠리가 그를 발견하고 처음 건넨 말. 이후 스탠리의 기사를 통해 세상에 알려지면서 아주 오랜만에 만난 사람에게 건네는 인사말로 통용되었다.

이나 다시 마주친다. (대체 무슨 법칙으로 이런 상황이 벌어지는 걸까? 역은 아주 넓고 텅 비었을 뿐 아니라 루엘라 화이트 클락슨 부인이나 나나 다시 마주치고 싶은 마음은 눈곱만큼도 없는데, 왜인지 그런 상황을 피할 수가 없다. 결국 그녀가 다가오는 모습이 보일 때마다 나는 재빨리 뒤로 돌아 반대편으로 걸어간다.)

머릿속으로 미국의 기차역과 영국의 기차역을 비교한 뒤 미국의 압승을 받아들인다. 내 평생 따뜻하거나 깨끗하거나 조용한 영국 기차역은 본 적이 없으니까. 어떤 역에서든 기다리다 보면 고된 상황을 견뎌야 한다. 이에 관해 펠릭스 폴 경*에게 보낼 긴 편지를 구상해 본다. 그 결과로 개혁이 일어나고 런던 시장에게 공개적으로 감사 인사를 받는 장면을 상상하고 있을 때 빨간 모자 짐꾼이 신호를 보낸다. 몸집이 작고 아주 세련된 검은 옷을 입은 워커 부인은 루엘라 화이트 클락슨 부인과는 딴판이다. 그녀는 늦어서 미안하다고 정중하게 사과하고, 나는 기차가 너무 일찍 도착해서 미안하다고 정중하게(부디 그랬기를) 사과한다. 그런 뒤 우리는 그녀의 차에 타는데 어련하실까, 크고 멋진 차다. (이제 언덕만 나오면 내려서 밀어야 하는 우리 집의 낡은 스탠더드와는 대조

---

* 영국의 철도 경영인.

적인 호화 자동차에 익숙해졌지만 그래도 고물 스탠더드를 다시 만나면 몹시 반가울 것 같다.)

워커 부인은 나이아가라 폭포에 다녀왔냐고 묻는다. 내가 겸연쩍어하며 그렇다고 대꾸하자 뜻밖에도 그녀는 이렇게 말한다. 아, 정말 다행이네요. 그때부터 대화가 시작되고 나는 캐나다에서 경험한 일들을 얘기하며 엉뚱한 아이 미니에 대해서도 긍정적으로 들려준다. 워커 부인은 즐거워하고 우리는 편안한 시간을 보낸다.

버펄로는 눈이 오고 매섭게 춥다. 그러나 역시 집 안은 무척 훈훈하다. 워커 부인은 방이 작아서 괜찮을지 모르겠다고 하지만 실제로 그 방은 응접실과 식당, 로버트의 서재를 합친 것만큼 크고 한쪽에는 욕실이, 맞은편에는 응접실이 있다. 나는 전혀 문제없다고 한다.

부인은 쉬라고 하며 방을 나간다.

## 11월 14일

여러 번 가방에 넣었다가 꺼낸 옷들이 많이 구겨져서 솜씨 좋은 하녀에게 물어보자 그녀는 다림질을 해주며 내가 이미 잘 알고 있는 사실을 또 한 번 상기시킨다. 가장 훌륭한 흑백 야회복 드레스는 커피로 심하게 얼룩져서 복구할 수 없다는 것이다.

워커 부인이 드라이브를 제안한다. 차를 타고 눈에 완전히 뒤덮인 버펄로를 감상하고 있을 때 그녀가 저명한 영국 여자 피아니스트의 이름을 말하며 애석한 투로 근황을 아느냐고 묻는다. 자기 집에서 2주일 동안 머물며 꽤 잘 지냈는데 그 뒤로 편지를 써도 답장이 오지 않는다는 것이다. 나는 이 저명한 동포의 배은망덕한 태도에 질색하며 그녀가 한동안 아팠다는 이야기를 지어낸다. 그러곤 아마도 의사가 편지를 못 쓰게 했을 거라고 덧붙인다.

워커 부인은 내 얘기에 별다른 말을 하지 않지만 어렴풋이 냉소적인 표정을 짓는 것을 보니 내 말을 믿지 않는 게 분명하다. 얼마 후 그녀는 1년 전 런던에 갔을 때 이 저명한 피아니스트에게 연락했는데 자기가 누구인지 기억하지 못하는 것 같더라고 털어놓는다. 동포의 뻔뻔한 태도가 너무도 부끄럽다. 미국인들이 영국 손님에게 내주는 극진한 환대를 떠올리며 그래도 가끔 누군가는 보답하길 바랄 뿐이다.

오후가 되자 워커 부인은 내가 강연하기로 한 클럽의 회원들이 유럽에서 온 유명 인사들의 강연을 여러 번 들었으며 모두 교양 있는 사람들이라고 귀띔해 준다. 그 얘기를 듣고 점점 초조해진다.

내 강연은 수준이 높기는커녕 보통 수준의 지성에도 맞지 않을 것 같아서 급하게 내용을 수정하며 워커 부인에게 묻는다. 혹시 클럽 사람들은 강연보다 낭독을 좋아하지 않을까요? 예상대로 이 제안은 성공하지 못한다. 새로 다림질한 파란 옷을 입고 코에 파우더를 잘 바르고 가는 수밖에.

사려 깊은 워커 부인은 가는 길에 내게 말을 걸지 않지만 딱 한 번 내가 굴을 먹는다면 좋겠다고 한다. 무엇이 됐든 다시는 먹을 수 없을 것 같아서 나도 모르게 중얼거린다. "오늘 밤 세상이 끝날지 누가 알겠는가?"\*

당연히 세상은 끝나지 않는다. 나는 정신을 바싹 차리고 예리한 표정과 아주 비싼 옷차림이 돋보이는 수많은 클럽 회원을 만난 뒤 작은 연단에 오른다. 의자 두 개와 탁자 하나, 책상 하나가 놓여 있다.

회색 옷을 입은 나이 지긋한 여자가 의자에 앉더니(왜인지 로버트의 엘리너 이모님이 떠오른다) 자기가 한마디만 하겠다고 한다.

---

● 로버트 브라우닝의 시 "함께하는 마지막 승마(The Last Ride Together)"의 한 구절.

모두들 **자기 얘기**보다 훨씬 더 재미있는 이야기를 고대한다는 걸 잘 안다고 하며 자애로운 눈빛으로 나를 흘끗 본다. 나는 겸손하게 빙긋 웃지만 내심 이대로 쓰러져 실려 나가면 좋겠다고 생각한다. 그러나 별수 없이 일어나 이제 구깃구깃하고 지저분해진 작은 메모들을 책상 위에 놓는다.

늘 그렇듯 머리는 몹시 뜨거워지고 발은 몹시 차가워진다. 맨 앞줄에 앉은 노령의 부인이 강연 내내 내 말이 하나도 안 들린다는 듯이 손을 귀에 대고 있는 모습에 몹시 당황한다. 그러나 나중에 들은 바에 따르면 귀가 안 들리는 것은 아니었다. 그녀는 내게 다가와 자기가 이 클럽의 초창기 회원이며 여기서 열리는 강연을 빠짐없이 들었다고 한다. 참 잘하셨다고 말하고 보니 어쩐지 잘난 척하는 것 같아서 얼른 덧붙인다. 그런 노력이 보람되었길 바란다고. 그녀는 그렇다고 하지만, 전반적으로 그렇다는 걸 보니 딱히 확신이 없는 것 같다. 그런 뒤 앙드레 모루아\*를 언급한다. **그의** 강연은 확실히 훌륭했다고 한다. 나는 분명 그랬을 거라고 진심으로 동조한 뒤 그녀와 헤어진다. 엘리너 이모님과도 예의상 대화를 주고받고 그 밖에도 다양한 여자를 만난다. 한 명이 내 절친한

---

● 당대 프랑스의 작가 겸 평론가.

친구를 안다고 하기에 혹시 로즈인가요? 하고 물어본다. 아뇨. 로즈는 아니에요. 알고 보니 캐서린 엘런 블럿이다. 그녀는 지금 뉴욕에 있지만 내가 보스턴에 갈 때 그리로 갈 거라고 한다. 그러고는 캐서린 엘런 블럿이 너무도 사랑스러운 사람이라고 덧붙인다. 게다가 **나**에 대해 좋은 얘기를 많이 했다고 한다. 나는 속내와 다르게 고마운 척하려고 애쓴다.

<sup>의문</sup> 공인이 되면 소소한 부분에서도 이중적인 삶을 살아야 하는 걸까? <sup>답</sup> 아쉽지만 그런 것 같다.

뒤이어 엘리너 이모님이 다가오더니 (아니나 다를까) 영국인은 차를 마시지 않고는 견딜 수 없을 거라며 홍차가 나를 기다리고 있다고 한다. 그녀의 배려가 고마워서 (너무 진한) 홍차와 함께, 마드무아젤이 비키에게 자주 먹이던 역겨운 약이 떠올라 도무지 적응되지 않는 시나몬 토스트까지 꾸역꾸역 먹는다.

엘리너 이모님과 다시 대화를 나눈다. 그녀는 책을 쓰지 않는데 이상하게도 책 쓰는 사람들이 늘 자기에게 흥미를 느낀다고 한다. 자기도 책을 써볼까 자주 **생각**했지만(사실은 친구들이 자꾸 책을 쓰라고 애원하기 때문이다) 도통 시작할 수가 없다. 그래도 살면서 워낙 많은 일을 겪었으니 소설 몇 권은 거뜬히 나올 거라나. 그 말에 모두가 당황해서 입을 다물고 대체 어떤 경험을 했을까 추측하기 시작한다. 다행히 프릴 달린 드레스를 입은 조그만 여자가 새된 목소리로 불쑥, 오클라호마에 사는 자기 친척이 〈뉴요커〉에 뭔가를 기고했는데 출판되지 않았다고 하며 어색한 분위기를 무마한다.

이와 함께 자리가 마무리되고, 워커 부인은 나를 태우고 집으로 돌아가면서 지친 목소리로 잘 끝나서 다행이라고 탄식한다.

이어 우리는 엘리너 이모님에게로 화제를 옮긴다. 그녀는 두 번 결혼했는데, 첫 남편은 죽었고 두 번째 남편은 이혼하지도 않고 그녀를 떠났으며 딸이 둘 있지만 함께 살지 않는다고 한다. 나는 왜인지 알 것 같다고 솔직하게 말한다. 워커 부인이 동조하는 기색을 보이자 힘을 얻은 나는 엘리너 이모님이 마음에 들지 않는다고 덧붙인다. 그러자 워커 부인은 솔직히 엘리너 이모님과 내가 잘 맞을 것 같지 않다고 진지하게 대꾸한다.

뜻밖의 반응에 조금 서운해진다. 내가 엘리너 이모님을 싫어한다고 해서 그녀도 나를 싫어한다는 법은 없지 않나? 어쩐지 부당한 생각인 것 같다. 그러고 보니 인간 본성의 흥미로운 면이 드러나는 듯. 나중에 가능하다면 아는 게 많은 로즈와 이 문제를 더 깊이 파헤쳐 보기로 막연히 마음먹는다. 지적인 메리 켈웨이와 얘기해 봐도 좋겠다. 그녀의 편지는 알아보기 어렵지만 시골 생활은 다른 생활 방식에 비해 할 일이 많고 스트레스를 많이 받아서일 것이다.

만찬으로 오늘 일정을 마무리한다. 나는 등이 파인 야회복 드레스 위에 짧은 외투를 입었다가 다시 벗고는 거울과 손거울로 확인해 본 뒤 도로 입은 채 저녁 내내 벗지 않는다.

**11월 15일**

보스턴이 가까워질수록 점점 추워지자 내 안에는 편견이 싹튼다. 게다가 만나는 사람마다 보스턴은 미국에서 가장 영국적인 도시이니 사랑하게 될 거라고 단언하지 않았던가. 나를 태운 기차가 눈 덮인 시골을 지나는 사이 사랑과는 사뭇 다른 감정이 밀려든다. 주유소와 영화관만 있는 것 같은 소도시들이 지나간다. 9시쯤 훌륭한 아침 식사를 하고(미국은 확실히 음식이 큰 장점이다) 객차로 돌아가 보니 낯익은 형체가 눈에 띈다. 여전히 모자를 과감한 각도로 쓴 피트가 앉아 있는 것이다. 낯선 사람들 속에서 가장 오래된 친구를 만난 기분이 들어 다정하게 인사를 나눈다. 피트는 내가 꽤 잘 버티는 것 같다고 하더니(이건 나의 지구력에 대한 칭찬인 듯) 보스턴에서 내가 하게 될 굉장한 활동들을 일러 준다.

나는 모두 동의한 뒤, 매사추세츠주 콩코드에 있는 올컷*의 생가에 꼭 가보고 싶다고 덧붙인다. 그러자 피트는 당황하며 그건 지극히 개인적인 바람일 뿐, 내 일정 가운데 그럴 시간은 없을 거라고 한다. 별수 없이 수긍하면서도 미국에서 가장 하고 싶은 일이었다고 한 번 더 말해 본다. (내가 무척 열심히 일했으며 할 일을 모두 했으니 적어도 반나절쯤은 개인적인 소망을 이룰 자격이 있다는 설득력 있는 논리는 한참 지나서야 떠오른다. 그 자리에서 이런 주장을 펼쳤다면 피트도 할 말이 없었을 텐데 안타까울 따름이다.)

보스턴에 도착해 기차에서 내리는 순간 지금껏 맛본 가운데 가장 혹독한 추위를 마주한다. 게다가 전혀 모르는 사내가 카메라를 들고 눈앞에서 불쾌하게 플래시를 터트린다. 이런 상황에서도 뭐라고 하는 사람이 아무도 없다. 이 사내는 나를 다른 사람으로 착각한 게 분명하다.

〈보스턴 트랜스크립트〉에서 나왔다는 젊은 여자 둘이 다가와 내게 다짜고짜 미국 여성 문제에 대해 어떻게 생각하냐고 묻는다. 그러나 고맙게도 피트가 호텔로 가면서 얘기하면 어떻겠냐고

---

* 《작은 아씨들》의 저자로 유명한 루이자 메이 올컷을 말한다.

하며 택시에 오른다. 두 여자 중 한 명이 내게 오늘 아침에 도착한 전보를 건네준다(혹시 로빈이나 비키가 죽었다는 소식?).

전보는 캐럴라인 콘캐넌이 보낸 것이다. 자신의 절친한 친구이자 사촌인, 핑크니가에 사는 모나가 나를 만나고 싶어 하는데 내가 온다는 소식을 전했으니 꼭 만나라고 한다. 그리고 이렇게 덧붙였다. 런던 집은 아무 일 없음. 사랑하는 캐럴라인.

캐럴라인의 친구 겸 사촌에게 연락할 생각이지만 피트에게는 아무 말도 하지 않는다. 올컷 생가에 간다고 했을 때와 비슷한 반응을 보일 게 분명하니까.

나는 찰스가의 아늑한 호텔로 안내를 받는다. 피트가 한 번, 〈보스턴 트랜스크립트〉에서 나온 젊은 여자들이 제각기 한 번씩 총 두 번, 보스턴 코먼●이 바로 코앞이라고 일러 준다. 그 말에《구식 소녀》▲의 여주인공이 터보건 썰매를 타는 장면이 떠오르지만 속으로 삼키며 정말 좋다고 대꾸한다. 좋긴 하겠지만 어차피 지금은 눈이 잔뜩 쌓여 있고 이쪽 끝에서 저쪽 끝까지 얼음장 같은 북동풍이 불고 있을 게 분명하다.

---

● 미국에서 가장 오래된 도심 공원이자, 식민지 시대부터 독립 혁명까지 다양한 사건의 발생지가 된 보스턴의 랜드마크 중 하나.
▲ 원제는《An Old-Fashioned Girl》. 루이자 메이 올컷의 소설.

피트는 이제 내게 익숙해진 단호한 말투로 그만 가서 짐을 풀라고 한 뒤 한 시간 후에 서점들을 방문할 테니 그때 데리러 오겠다고 한다.

얼마 후 응접실 전화벨이 울린다. 로즈에게도 (캐럴라인 콘캐넌처럼) 보스턴에 사는 친구가 있는 모양이다. 그 친구가 아래층에 와 있는데 당장 나를 보러 올라오겠다고 한다. 나는 그러라고 하고는 방금 전에 연 여행 가방들을 서둘러 닫고 거울을 확인한다.

내 꼴이 마음에 들지 않지만 어차피 지금은 방법이 없으니 그동안 로즈에게 들은 보스턴 친구에 관한 정보를 모조리 떠올리는 데 주력한다. 이름이 패니 메이슨이었을 것이다. 기억을 더듬어 보니 문학에 조예가 아주 깊고 글을 많이 썼으며 온 세상을 여행했을 뿐 아니라 매우 예리한 사람이다.

생각하니 초조해지지만 막상 나타난 그녀는 자신의 잘난 특징들을 사려 깊게 숨기고 그저 다정하게 (영국과 똑같아서 영국 사람들이 무척 좋아하는) 보스턴에 온 것을 환영한다며 애정을 담아 로즈의 안부를 묻는다. (얘기하다 보니 내 친구 로즈가 그녀에게 훨씬 최근에, 게다가 훨씬 긴 편지를 썼다는 사실을 깨닫고 부아가 난다. 로즈를 다시 만나면 할 얘기가 아주 많을 듯.)

그녀는 밑에서 젊은 여자가 기나리고 있다고 한다. 그 아이가 차를 가져왔으니 오전에 함께 보스턴을 둘러본 뒤 여성회에서 점심을 먹고 차를 마시자고 한다. 너무도 고마운 제안이지만 피트가 짠 일정을 생각하면 도저히 그럴 수 없어서 조심스레 말한다. 저어…… 미스 메이슨. (여기까지 해놓고 빅토리아풍 소설 속의 여주인공처럼 잠시 뜸을 들인다.)

그러자 미스 메이슨은 편하게 패니라고 부르라고 한다. 아주 오래전부터 내 얘기를 들었기 때문에 벌써 오랜 친구처럼 느껴진다면서. 나는 고마움을 표하며 그러겠다고 한 뒤 출판사 사람이 보스턴에 와 있고 한 시간 뒤에 나를 데리러 올 예정이라 그 친절한 제안을 받아들일 수 없겠다고 설명한다.

미스 메이슨, 아니, 패니는 굴하지 않고 보스턴을 꼭 둘러봐야 하며, 그러지 않으면 미국을 안다고 말할 수 없다고 고집을 부린다. 밑에서 젊은 친구가 나를 기다리고 있다는 것이다. 나는 (시간을 벌 요량으로) 그 친구를 올라오라 하자고 제안한다. 그녀는 전화로 젊은 친구를 부른다.

예쁜 금발의 아주 젊은 여자가 '레슬리'라고 자신을 소개하더니 (보스턴에서는 이름만 부르는 게 유행인 모양이다) 당장 어디든 나를 데려가겠다고 한다.

피트가 짠 서점 순회 일정을 다시 한 번 설명한다. 패니는 요

지부동이지만 레슬리는 침착하게 말한다. 그럼 내일은 어떠세요? 나는 이때다 싶어 올컷 생가에 가고 싶다는 바람을 넌지시 비친다. 그러나 여기에도 어려움이 따른다. 이맘때는 올컷 생가가 무슨 이유 때문인지 문을 닫는다는 것이다. 이 소식이 피트의 귀에 들어가면 내 마지막 희망이 사라지고 말리라. 레슬리는 안타까워하는 얼굴로 대신 다른 것을 해보자고 하며 어쨌든 당장 나가서 보스턴을 둘러봐야 한다고 재촉한다. 패니도 함께 밀어붙이는 통에 내가 진땀을 빼고 있을 때 마침 전화벨이 울리더니 피트가 곧 올라온다고 한다.

기발한 아이디어가 떠오른다. 나는 모인 사람들을 모두 소개한 뒤 피트에게 일이 이렇게 됐으니 그가 미스 메이슨과 알아서 조율하라고 한다. 그사이 나는 저쪽에 가서 짐을 풀겠다며 양해를 구한다. 짐을 풀기 위해 단호하게 침실로 들어가지만 한동안 벽에 귀를 댄 채 고집이 막상막하인 피트와 미스 메이슨이 서로 멱살을 잡지는 않는지 열심히 들어 본다. 둘 다 동시에 언성을 높이긴 하지만 더 심각한 상황은 벌어지지 않는다. 다행히 물리적인 폭력은 피하는 것 같다.

나는 피트의 승리를 확신한다. 그는 한번 마음먹은 것은 절대 바꾸지 않는 성격이다. 저자와 출판업자 등을 상대할 때 아주 유용한 자산일 것이다.

    돌아가는 상황을 보니 내 판단이 옳았다. 피트는 나와 함께 서점으로 걸어가면서 레슬리와 미스 메이슨, 아니, 패니에게 12시 30분까지 나를 넘겨주겠다고 선언한다.

**11월 16일**

알렉산더 울컷 씨가 방송에 출연한 덕분에 (나를 제외한) 모두의 태도가 크게 바뀐다. 그가 신문에서 내가 미국을 방문해 가장 하고 싶었던 일이 울컷 생가에 가보는 것이었다는 기사를 읽고(혹시 〈보스턴 트랜스크립트〉에 실렸나?) 이 점을 높이 샀는지 라디오 대담에서 언급했다. 내가 조만간 그곳을 보고 와서 소감을 알려 주면 좋겠다고도 했다.

    피트와 패니를 포함해 모든 사람의 태도가 180도 바뀐다. 알렉산더 울컷이 내가 울컷 생가에 가야 한다고 하면 하늘과 땅을 옮겨서라도 그것을 가능하게 만들어야 하는 모양이다. 그저 내 만족을 위해 시도할 때와 알렉산더 울컷 씨가 지지해 줄 때 이토록 큰 차이가 나다니 기가 막힌다.

어쨌든 그 덕분에 올컷 프랫* 가족에게 연락이 가고 그들은 아주 친절하게도 나를 위해 특별히 올컷 생가를 열어 주겠다고 제안한다. 패니에 따르면, 레슬리가 일요일 오후에 나를 태우고 콩코드에 갈 예정이고 자기도 나와 함께 갈 생각이지만 올컷 생가를 보기 위해서가 아니고(내게는 충격적인 소식이지만 그녀는 딱히 보고 싶지 않으므로) 근처에 사는 친척을 보기 위해서다. 피트는 그때쯤 뉴욕이나 찰스턴, 오시코시, 또는 다른 먼 곳에 가 있을 테니 자신은 관여하지 않겠다고 하면서도 이 일정을 따뜻하게 허락해 준다. 그리고 마지막으로 덧붙인다. 필기도구를 꼭 챙겨 가서 알렉산더 울컷 씨에게 나의 따끈따끈한 소감을 써 보내라고.

**11월 18일**

하버드 대학교와 군대가 겨루는 미식축구 경기를 보러 간다. 세계 각국의 대통령이나 제왕, 대주교도 최소한 10년쯤 기다려서라도 어떻게든 얻으려 하는 굉장한 특권이

---

* 루이자 메이 올컷의 언니 애너 올컷 프랫을 말한다.

라고 하는데, 이 말은 충분히 믿을 수 있을 것 같다. 모두가 엄청난 노력을 기울인 덕분에 내게 이런 기회가 주어졌다.

패니는 온몸이 꽁꽁 얼 테지만(이것도 충분히 믿을 수 있을 듯) 그래도 볼만한 가치가 있을 거라고 한다. 레슬리는 경기를 이해하기 어려울 테지만 그래도 볼만한 가치가 있을 거라고 한다. 그러더니 둘 다 이런 날씨에는 폐렴에 걸리기 십상이라고 입을 모은다. 그래도 볼만한 가치가 있다고 하려나? 그렇다면 여기에는 확실하게 반박하련다. 그러나 그들이 내게 러그와 모피, 머플러, 덧신을 빌려주겠다고 하자 괜히 겸연쩍어진다. 패니의 구혼자(끝내 이름을 알아내지 못한다)가 내 에스코트를 맡기로 하고 우리는 1시에 함께 출발한다. 하버드 대학 경기장은 거대하지만 아쉽게도 지붕이 없어서 야외석에 앉으니 기온이 영상만 되어도 좋겠다는 생각이 든다. 패니의 구혼자는 내게 무척 친절하지만 나 대신 패니를 에스코트하지 못하는 점을 아쉬워하지 않는다면 좋겠다.

(흘러간 유행가 가사가 떠오른다. '내 품에 안긴 여자가 네가 아니라서 나는 눈물 흘리며 춤을 추었지.' 나는 이 노래를 부른 남자보다 그와 함께 춤을 춘 여자가 남자의 태도 때문에 무척 힘들었겠다고 늘 생각했다.)

너무 바보 같은 질문이 아니길 바라며 이것저것 물어보고 대답을 경청한다. 그러나 그가 '영국 경기'라고 부르는 축구의 전문용

어를 들이밀 때마다 머릿속이 하얘진다. 로빈에게 들은 얘기를 기억해 내려 안간힘을 쓰지만 그 애가 축구를 싫어한다고 해서 혼낸 일만 떠오를 뿐이다. 이 괴로운 기억을 점잖게 윤색해 우리나라 학생들 사이에서는 축구보다 럭비가 인기라고 에둘러 말한다.

얼마 후 노새가 나타나지만 그것을 타고 경기장을 도는 사람이 우리 팀인지 다른 팀인지 모르겠다. 멍청하게도 꼭 로데오 같다고 말한 뒤 전혀 아니라는 사실을 깨닫고 깊이 후회한다. 다행히 때마침 흰옷을 입은 청년들이 무더기로 경기장에 나타나 일제히 아름다운 후방 공중제비를 선보인 뒤 확성기에 대고 열렬한 응원을 외친다. 무척 인상적인 광경이다. 나는 패니의 구혼자에게 내가 알기로 영국에서는 웸블리 경기장에서든 트위커넘 경기장에서든 저런 광경은 절대 볼 수 없다고 단언한다. 그는 진지하게 맞장구치며 응원은 미식축구의 굉장한 특징 중 하나라고 단언한다.

잠시 후 경기가 시작되면서 나는 난생처음 미식축구를 관람한다. 선수들은 모두 두툼한 옷으로 무장했고 수많은 교체 선수가 언제든 바로 달려 들어올 수 있도록 주변에서 대기하고 있다. 선수 교체는 놀랄 만큼 여러 번 일어나지만 들것이 보이지 않는 것을 보면 심하게 나지지는 않는 모양이다.

패니의 구혼자는 이따금 내게 상황을 설명해 주다가도 금세 흥분에 압도된다. 가끔씩 경기장에서 조직적인 외침과 포효가 들려오고 관객도 합류한다.

4시쯤 하버드는 승산이 없다는 얘기가 들리더니 곧 군대의 승리가 선언된다.

패니의 구혼자와 나는 서로를 보며 끝났네요, 굉장했죠? 따위의 말을 주고받으며 일어선다. 발에 감각이 없고 온몸의 순환이 완전히 멈춘 것 같다. 피가 꽁꽁 얼어붙은 모양이다.

우리는 비틀거리며 최대한 사람들을 비집고 나온다. 패니의 구혼자도 얼굴과 손이 시퍼런 것을 보니 나만큼 추운 모양이다. 우리가 지나는 다리와 건물들이 모두 하버드 대학의 일부라고 한다. 우리는 강 건너에 있는 전망이 아름다운 아파트로 향한다. 이 일정에 관해서는 아무도 얘기해 주지 않아서 왜 그리로 가는지, 누구를 만나게 될지 전혀 모르는 채로 따라간다. 이번만큼은 따뜻한 차가 말할 수 없이 반갑고 멋진 장작불도 마찬가지다. 상냥하지만 전혀 모르는 미국인과 함께 루스벨트 대통령과 현재 달러의 상태(우리 둘 다 암울하게 보고 있다), 메인주 숲의 특징인 아름다운 자연에 관해 대화를 나눈다. 물론, 나는 그런 숲에 가본 적도 없지만 그런 곳이 있다는 얘기는 수없이 많이 들었다.

## 11월 19일

콩코드에 가는 날. 친애하는 알렉산더 울컷 씨가 개입한 덕분에 모두가 흐뭇해하고 나에게는 미국 일정을 통틀어 가장 신나는 날이다.

목조 가옥들이 나무숲에 에워싸여 있고 주위에는 눈과 정적, 아름다움이 가득하다. 영화관이나 주유소, 핫도그 판매점은 전혀 보이지 않는다. 머릿속은 온통 《작은 아씨들》 생각뿐이다. 나는 너무도 사랑하고 생생하게 기억하는 그 작품 속의 장면들을 하나하나 그려 본다. 다정하지만 《작은 아씨들》을 좋아하지 않는 패니는 자기 친척들을 만나러 가고 나는 미스 올컷의 살아 있는 친척인 프랫 부인과 다른 노부인과 함께 남는다. 두 사람 모두 친절하고 매력적이며 내게 모든 것을 기꺼이 보여 주려 노력한다.

이곳에 몇 시간이고 머물 수 있을 것 같다.

그러나 넋을 잃을 만큼 즐거운 시간은 언제나 쏜살같이 흘러가는 법. 결국 작별의 순간이 오자 고마운 이들이 선물한 엽서와 그림과 책을 챙긴다. 비키에게 주라고 내준 책은 그냥 내가 가질까 진지하게 고민한다.

그 뒤로도 《작은 아씨들》의 마치 가족을 하염없이 생각하지만, 패니와 레슬리가 옆에서 무슨 일이 있어도 알렉산더 울컷 씨에게 당장 소감을 보내야 한다고 성화하며 나를 괴롭힌다.

**11월 20일**

보스턴을 떠나는 날이 되자 날씨가 누그러지면서 갑자기 온화해진다. 오늘은 캐럴라인 콘캐넌의 친구를 만나 즐거운 시간을 보낸다. 다행히 우리 둘만의 만남이라 영국과 캐럴라인 콘캐넌에 관한 얘기를 편안하게 주고받는다. 아주 유쾌하고 착한 친구예요. 그녀가 말하자 나는 동조하며 내가 없는 동안 캐럴라인이 내 집을 돌보고 있다고 덧붙인다. 정확한 설명이 아니라는 생각에 어딘지 찝찝하지만 그렇다고 너무 정확하게 말하면 야박해 보일 것 같다. 사실은 캐럴라인이 우리 아이들에게 아주 잘해 준다고 고쳐 말하며 양심을 달랜다. 그건 분명한 사실이니까.

보스턴 코먼 건너편으로 돌아오는데 앤 여왕 양식의 예쁜 벽돌집들이 보인다. 유리창에는 오래된 보라색 유리가 많이 보이지만, 지나가는 사람의 눈에 가장 잘 띄는 1층에만 설치했다는 사실을 깨닫고 실망한다.

여자 속옷은 영국보다 미국이 더 잘 만든다는 로즈의 조언이 떠올라 속옷을 사기로 한다. 한 가게에 들어가자 나이 지긋한 판매원이 나는 일반적인 가터벨트를 착용하면 안 된다면서 그것은 너무도 자명한 사실이라고 불길하게 말한다. 그러더니 가터벨트 하나를 내놓는다. 아마도 일반적인 범주에 속하지 않는 가터벨트인 모양이다. 그러고는 마지막으로 한 번 더 경고한다. 무슨 일이 있어도 절대 일반적인 가터벨트는 착용하지 말라고. 그러면 아주 흉측해 보일 거라나. 나는 질색하며 그곳을 나온다.

호텔로 돌아오자 또 다른 충격이 나를 기다리고 있다. 미스 캐서린 엘런 블럿이 방금 이곳에 도착해 내 방으로 메시지를 올려 보낸 것이다. 그녀는 나를 다시 만나고 싶다고, 지난번 대화가 너무도 즐거웠고 다시 그런 대화를 나누고 싶다고 썼다. 솔직한 답장을 쓰는 상상에 탐닉하다가 언제나 그렇듯 솔직함을 포기하고 예의를 택한다. 기차 시간 전에 홀에서 잠깐 볼 수 있으며 패니 메이슨과(틀림없이 미스 블럿은 패니와도 아는 사이일 테니까) 레슬리도 다 함께 만나자고 짤막하게 답한다.

언제나처럼 꼴이 걱정돼서 호텔 미용실을 찾는다. 젊고 똑똑한 미용사가 나를 치장해 주며 자기 동료가 영국인인데 나를 만나면 몹시 반가워할 거라고 한다. 그러고는 내 영국 억양이 동료의 억양보다 아름답다고 사려 깊게 덧붙인다. 그 동료는 허더즈필드* 출신이라 북부 억양이 강하다고 하니 빈말은 아닐 것이다.

적어도 머리만큼은 깨끗하고 곱슬곱슬한 상태로 1층으로 내려가자 곧바로 미스 블럿이 나타난다. 그녀는 오랜 친구라도 만난 듯 반갑게 인사하더니 자기가 아는 사랑스러운 여자 두어 명이 나를 무척 만나고 싶어 하며, 그 기쁨을 누리기 위해 바로 오늘 오후에 이 호텔로 차를 마시러 올 거라고 한다.

나는 고마움을 표한 뒤 그들에게는 무척 감사하지만 아쉽게도 오후에 워싱턴으로 가야 한다고 단호하게 설명한다. 그러자 미스 블럿은 그 점은 걱정할 필요가 없다고 태평하게 대꾸한다. 자기가 이미 출판사 사람들과 통화했고, 그쪽에서도 그녀가 부른 사람들이 아주 중요한 인사라는 데 동의해서 내 6시 기차를 10시 30분 기차로 바꿔도 좋다고 했다는 것이다.

나는 당황한 나머지 생각 없이 말한다. 그렇군요. 그러곤 나도 모르게 점심을 함께 먹자고 제안한다. 의문 왜? 답 도무지 모르겠다.

점심 식사 자리에서 많은 정보를 얻는다. 미스 블럿은 베벌리

---

* 잉글랜드 중부 공업 지대의 도시.

니컬스●가 자기에게 새로 나온 저서를 보냈고 앤 패리시▲는 아직 책을 보내지 않았지만 곧 보낼 거라고 한다. 어쩜, 굉장하네요. 나는 적당히 대꾸하면서 미스 블럿은 주위에 유명한 사람이나 전화도 없이 혼자 있을 때면 어떤 사람이 될까 생각해 본다. 인간으로 존재하지 못하고 녹아 없어질지도 모른다는 기이한 생각이 머리를 스친다. 생각이 꼬리를 물고 이어지면서 형이상학적인 무언가가 떠올라 혼자 놀라지만 당연히 이 놀라움을 미스 블럿과 나눌 수는 없다.

대신 나는 살인 사건이 나오는 소설을 좋아한다고 하며 가장 좋아하는 소설로 벨록 로운즈 부인■의 작품을 꼽는다. 미스 블럿은 자기는 살인 이야기에는 도통 끌리지 않지만 벨록 로운즈 부인, 아니, 마리는 자기와 아주 친한 친구라고 한다. 마리라는 이름의 친구가 또 있는데, 그 사람은 다름 아닌 루마니아 여왕이다. 조금 뜬금없지만 마리 템피스트◆와도 친구 사이다.

이 얘기를 끝으로 우리는 헤어진다. 계속 있다가는 캐서린 엘런 블럿이 또 다른 마리를 떠올릴지도 모르니까.

---

● 영국의 작가 겸 극작가. 대중 연설가.
▲ 미국의 소설가 겸 동화 작가.
■ 주로 추리 소설로 유명한 당대의 영국 소설가 마리 벨록 로운즈를 말한다.
◆ 당대 영국의 가수 겸 배우.

이윽고 나는 미스 블럿의 다과 모임을 준비한다. 여행 가방에 고이 접어 넣은 붉은 드레스를 마지못해 꺼내 입지만 생각만큼 고이 접지 않았는지 이미 구겨졌다. 모임이 열리고 꽤 많은 사람이 참석한 것을 보니 미스 블럿은 뉴욕과 런던, 파리, 홍콩에서뿐 아니라 보스턴에서도 유명한 모양이다. 캐럴라인 콘캐넌의 매력적인 친구를 보고 안도하며 그녀와 얘기하려 하지만 기회가 닿지 않는다.

검은 옷을 입고 몸집이 아주 큰 여자가 나를 구석 소파로 몰고 가 앉으라고 하더니 자기도 나란히 앉는다. 그러고는 지역 문학 협회 얘기를 시작한다. 그녀가 창시자이면서 회장인 이 협회의 이름은 '작은 사색가들'이다(이 이름을 지을 때만 해도 몸집이 저렇게 크지 않았길). 이 이름은 겸손함을 뜻하는 거라고 덧붙이는데 부디 내 생각을 읽은 게 아니라면 좋겠다. 우리 회원들은 다윈이나 헉슬리처럼 깊고 심오한 사색을 하는 게 아니거든요(이 말에 놀라는 척하려 노력하지만 성공하지 못한 것 같다). 그저 **생각**하고 자문하기를 좋아한답니다. 이렇게 말해도 될지 모르겠지만 우리는 아주 깊은 독서를 해요. 그리고 매주 화요일 오후에 모여 토론을 하죠. 그녀는 내가 좀 더 오래 머물렀다면 나를 작은 사색가들 모임에 귀빈으로 초대했을 거라고 덧붙인다. 그랬다면 내게 삶의 진정한 의미에 대해 짧은 강연을 들었을 거라나.

그럴 수도 있지만 아닐 수도 있죠. 나는 가볍게 대꾸하고 싶지만 작은 사색가들의 회장에게는 농담이 통하지 않을 것 같아서 정중하게 말한다. 그렇게 굉장한 특권을 시간에 쫓겨 놓쳤다니 몹시 아쉽네요. 서로 할 만큼 했으니 이쯤에서 작은 사색가들의 회장과 나는 우아하게 헤어져서 제각기 다른 사람과 대화하는 편이 좋을 것 같지만, 막상 그러기가 쉽지 않다. 회장도 어떻게 해서든 그러고 싶은 듯 보이지만 나와 그 너머의 세상을 가로막은 채 어쩔 줄 몰라 한다. 우리는 계속 서로를 보며 같은 얘기를 조금씩 다른 표현으로 되풀이한다. 멀리서 캐서린 엘런 블럿의 따가운 시선이 느껴진다. 내가 이 파티를 성공적으로 이끌도록 협조하지 않는다고 (정당하게) 느끼는 것 같다.

결국 더는 참지 못하고 초조하게 일어서며 말한다. 그럼, 저는 이만. 작은 사색가들의 회장도 (말할 수 없이 안도하는 모습으로) 벌떡 일어선다. 우리는 겸연쩍은 미소를 주고받으며 서로에게서 돌아선다.

<sup>메모</sup> 사교 모임에서 일어나는 많은 문제와, 이를 해결하는 데 혹은 해결하지 못하는 데 따르는 각종 어려움을 통계로 정리하면 흥미롭지 않을까? 그런 학술 토론이 열린다면 기꺼이 짤막한 글을 쓰

겠다. 의문 그렇다면 비버브룩 경\*에게 연락하는 게 좋을까? 아닌가? 일요 신문은 너무 따분하고 특파원들이 기고하는 주제도 무척 지루하니까.

캐럴라인 콘캐넌의 친구 모나와 눈이 마주치자 기뻐하며 그녀와 얘기하려 하지만 미스 블럿이 앞을 가로막더니 자신의 오랜 친구이자 미국에서 53년 동안 산 조지프 로스 씨를 만나라고 한다. 그렇다면 그전에는 다른 곳에서 살았다는 뜻일 것이다. 몇 마디 나눠 보고는 그곳이 스코틀랜드라는 것을 어렵지 않게 짐작한다. 아주 조심스럽게 물어보자(그가 조국을 왜 떠났는지 모르니까) 그는 오히려 당황하며 그저 이곳 기후가 잘 맞아서이고 2년에 한 번은 고국에 간다고 한다. 그렇군요. 여기는 훨씬 건조하니까요. 내가 말한다. 그와 함께 멀뚱히 창밖을 보고 있는데 다행히 모르는 여자가 그를 데려가면서 의기양양한 미소를 짓더니 내게 서운해하지 말라고 이른다. 나와 얘기하고 싶어 하는 사람이 수없이 많은데, 조 아저씨가 나를 독점하는 건 공평하지 않다나. 설사 사실이 아니라고 해도 굉장한 칭찬 기술이라 감탄한다. 어쩐지 수백만 명이 나를 에워싸고 있을 것 같아서 조심스레 주위를 둘러보지만

---

* 〈데일리 익스프레스〉를 경영하고 〈선데이 익스프레스〉를 창간한 영국의 언론인 겸 정치가 윌리엄 맥스웰 에이트킨을 말한다.

군중의 흔적조차 찾을 수 없다.

한 번 더 캐럴라인의 친구에게 가려고 하자 이번에는 다행히 성공한다. 그녀는 미소를 지으며 무척 아름다운 모습으로 캐럴라인은 자기에게 편지를 잘 쓰지 않지만 제인과 모리스를 통해 가끔 그녀의 소식을 듣는다고 한다. 제인과 모리스와 쌍둥이를 아시나요?

나는 전혀 모른다고 솔직하게 대답하고는 **알고** 싶다고 황급히 덧붙인다. 캐럴라인의 친구는 이 말에 지나칠 만큼 반가워하고 그때부터 우리는 아는 사람들의 이름을 말하며 즐겁게 관계를 추적하기 시작한다. 그때 작은 사색가들의 회장이 다시 나타나더니 자신의 훌륭한 회원이자 남부 태생으로 완벽한 남부 억양을 쓰는 헬런 돌링 딘 부인을 만나 보라고 한다.

캐럴라인의 친구는 어디론가 사라지고 나는 어느새 헬런 돌링 딘을 마주하고 있다. 그녀는 보스턴이 영국과 아주 흡사한 곳이고 자기는 남부에서 왔으며 사람들 말로는 남부 억양을 전혀 잃지 않았다고 한다. 그녀는 (역시나) 너무도 아름다운 모습이다. 미국 여자들은 아주 젊고 아름답거나 원숙하고 고풍스럽거나 둘 중 하나라고 생각하니 매이 빠진다. 유럽에서 자주 보는 평범한 중년 여성은 이곳에 없는 것 같다. (캐서린 엘런 블럿은 예외이지만 그렇다면 틀림없이 보기보다 나이가 많을 것이다. 혹시 보기보다 훨씬 더 젊은 건 아닐까? 도무지 알 수가 없다.)

파티가 끝나 갈 무렵이 되자 늘 그렇듯 한껏 소리를 지른 탓에 목이 아프다는 사실을 깨닫는다. 패니 메이슨이 고맙게도 작별 인사의 늪에서 나를 구제하기 위해 내 방으로 데려간다. 어차피 곧 이 방을 떠나 역으로 가야 하지만.

막간을 이용해 로버트와 아이들에게 편지를 쓴다. 비키의 편지는 글씨를 크게 쓰느라 시간이 걸리고 로빈의 편지는 또박또박 쓰느라 시간이 걸린다. 마지막으로 로버트에게 보내는 편지는 마구 휘갈겨 쓴다. (메리 켈웨이의 글씨를 그렇게 흉보는 게 아니었다.)

패니와 레슬리, 캐서린 엘런 블럿, 모르는 남자 셋(패니와 레슬리의 구혼자들인 듯)이 나를 역까지 배웅해 준다. 그중 한 명이 가는 길에 읽으라며 《미국의 행진》*이라는 크고 아름다운 책을 선물한다. 나는 뜻밖의 선물에 고마워한다.

기차가 출발하자(미국 기차는 출발할 때마다 불쾌하게 덜컥거리는데 아무래도 기관사가 미숙해서인 것 같다) 《미국의 행진》을 펼친다. 사진이 많이 실려 있고 무척 흥미롭다. 그러나 내가 그 안에 실린

---

● 원제는 《American Procession》.

사건을 대부분 생생히 기억하고 있으며 촌스럽기 이를 데 없는 패션 역시 내가 어릴 때나 갓 성인이 되었을 때 입었던 옷이라는 사실을 깨닫고 우울해진다.

커튼을 치고 평소처럼 아주 힘겹게 침대에 눕는다. 커튼을 칠 때마다 영화의 한 장면이 떠오르지만 지금 나만큼 영화 주인공과 거리가 먼 사람은 없을 것이다.

## 11월 21일

동이 터오는 시각에 워싱턴 D.C.에 도착하지만 이렇게 이른 새벽에도 보스턴보다 훨씬 따뜻해서 무척 마음이 놓인다. 이번에는 아무도 마중 나오지 않지만 한편으로는 잘된 일이다. 잠을 제대로 못 잔 탓에 안색과 꼴이 전반적으로 엉망일 테니까. 나는 택시를 타고 피트가 말해 준 호텔로 향한다. 택시에서 보이는 풍경은 전반적으로 아주 깨끗하고 아름다우며 눈부시게 하얀 건물이 많이 보인다. 그런 집을 볼 때마다 백악관이 아닐까 생각한다. 호텔은 약 35층쯤 되어 보이고 부속 건물이 세 채나 되며 입구에는 하늘새 제복을 입은 흑인 수위들이 일개 소대만큼 잔뜩 서 있다.

《톰 아저씨의 오두막》이 떠올라 안쓰러운 눈으로 그들을 보지만 모두 아주 유쾌하고 건강해 보인다.

안내 데스크에서 불편한 상황이 벌어진다. 직원이 대단히 죄송하지만 방이 모두 찼다고 하는 것이 아닌가. 빈 객실이 하나도 없다고 한다. 우리는 멍하니 서로를 바라보다가 내가 기어들어 가는 목소리로 유명 출판사의 이름을 말하며 그쪽에서 다른 호텔이 아닌 이 호텔로 가라 했다고 우긴다. 직원은 고개를 저으며 대꾸한다. 그래도 어쩔 수 없습니다. 말할 수 없이 죄송하지만 빈 객실이 하나도 없습니다. 나는 결국 체념한다. 알겠습니다. 그런데 제가 이곳에 처음이라서요. 혹시 어디로 가야 하는지 알려 주실 수 있을까요? 그러자 직원은 눈에 띄게 안도하는 얼굴로 물론이라고, 당연히 그러겠다고 한다. 우드먼 파크 호텔로 가시면 기꺼이 방을 내줄 겁니다. 원하신다면 당장 전화해서 예약해 드리겠습니다. 내가 고마워하며 그렇게 해달라고 부탁하자 금세 모든 문제가 해결된다. 호텔 직원에게 인사를 하고 그에게서 언제든 환영한다는 말을 들은 뒤(지금 상황을 생각하면 조금 얄궂은 말이지만 의도한 바는 아닐 것이다) 하늘색 제복을 입은 흑인 수위의 도움을 받아 짐과 함께 택시에 오른다.

우드먼 파크 호텔도 엄청난 규모다. 만약 여기서도 방이 없다는 얘기를 듣는다면 그건 틀림없이 내 행색이 이런 곳에 어울리지 않는다는 뜻이라고 생각해야 할 듯. 다행히 그런 굴욕은 면한다. 우드먼 파크 호텔은 다정하게 나를 받아 주고 15층 방을 내준다(이곳에서 일하는 흑인 수위들의 제복은 으깬 딸기색이다).

짐을 풀자 평소처럼 옷이 다 구겨져 있다. 앞으로도 영영 짐을 잘 쌀 수 없을 것이고 갈수록 더 나빠질 거라는 생각이 천 번째로 든다. 어쨌든 짐을 푼 뒤 아침을 먹으러 내려간다. 훌륭한 커피로 식사를 시작하면서 또다시 그럭저럭 괜찮은 커피조차 내오지 못하는 우리 집 요리사가 떠올라 우울해진다. 미국에서는 **모든** 커피가 얼마나 훌륭했는지 꼭 얘기하기로 마음먹는다.

의문 이런 결심은 실제로 집에 가서 요리사를 만나면 무슨 일이 있어도 얘기하겠다는 굳은 의지일까, 아니면 절대 행동으로 옮기지 못할, 덧없는 수사법에 불과할까? 답 후자일 가능성이 매우 높다.

런던에서 몇 번 만난 적이 있는 미국 국무부 관리와 친분을 과시할 기회가 왔다는 생각에 흐뭇해진다. 전화하기에 적당한 시간이 되면 곧바로 그를 연결해 달라고 할 생각이다. 5년 전에 봤을 때 아주 좋은 사람이었는데 여전히 그러길 바랄 뿐이다. 그사이 그가 결혼했으니 아직 만나 보지 못한 그의 아내도 좋은 사람이길, 아니, 둘 다 나를 싫어하지만 않길 기도한다.

<sup>의문</sup> 첫 호텔에서 거절당한 경험이 여전히 영향을 미치는 걸까? 그렇다면 아침 식사로 기운을 되찾을 수 있을 것이다. 이런 생각으로 커피를 더 주문하고 토스트도 달라고 한다.

식당을 나오려 하는데 놀랍게도 전혀 모르는 이름이 찍힌 작은 명함이 내게 건네진다. 클래런스 도브 장군. 웨이터에게 그리 지적이지 않은 질문을 던진다. 이게 뭐죠? 웨이터는 '그야 당연히 명함이죠'라는 말을 삼키고 문 옆에 앉은 신사가 주었다고 대답한다.

자연스레 문 옆 테이블로 시선이 돌아간다. 머리가 벗겨지고 뚱한 표정을 지은 노신사가 마지못해 일어나 상체를 굽히며 인사하는 시늉을 한다. 나도 고개를 까딱이고 한 번 더 명함을 살펴본다. 그런다고 명함이 달라지는 것도 아닌데. 여전히 클래런스 도브 장군에 대해 아무것도 떠오르지 않는다. 별수 없이 그를 향해 한두 걸음 내딛는 예의를 보이자 상대도 보답하려는 듯 완전히 일어서다가 냅킨을 바닥에 떨어뜨린다.

웨이터가 우리를 서로에게 소개해 주기를 바라지만 이는 거만한 영국인의 바람일 뿐 실현되지 않는다. 대신 노신사가 책임을 떠안는다. 그는 롱아일랜드의 윌라이트 부인에게서 내가 미국에 관한 책을 쓰고 있으니 나를 만나 보라는 편지를 받고 왔다고 한다.

나는 고맙다고 하며 식사를 마저 하라고 권유한다. 그는 한사

코 거절하며 식사는 다 했으니(누가 봐도 아닌데) 햇볕을 쬐며 잠깐 걷자고 한다. 그러나 그것은 낙관적인 소망에 불과했다. 햇볕이 시원찮아서 결국 우리는 팔걸이의자와 스탠드형 재떨이가 번갈아 놓인 널찍한 홀로 들어간다. 이런 계절에는 햇볕보다 중앙난방이 훨씬 만족스럽다는 사실을 부인할 수 없지만 다소 험악해 보이는 클래런스 도브 장군도 같은 생각인지는 알 수 없어서 굳이 말하지 않는다.

워싱턴의 아름다움을 칭찬하려 하는데 장군이 입을 연다.

내가 미국에 관한 책을 쓰고 있다고 들었는데, 자기가 시대에 뒤떨어졌는지는 몰라도 솔직히 이해하기 어렵다는 것이다.

나는 몹시 당황하며 아니라고, 미국에 관한 책을 쓰는 게 **아니**라고 설명한다. 겨우 몇 달 머물면서 그런 책을 쓰는 건 말이 안 되죠. 오히려……

미국에 관한 책은 그렇게 쓸 수 있는 게 아닙니다. 장군은 내 말을 전혀 듣지 않고 계속 말을 잇는다. 영국이나 다른 나라 작가들이 많이 하는 실수지요. 초대를 받거나 다른 이유로 잠깐 와서 미국에서 가장 훌륭한 사람들에게 접대를 받고 거기에 보답하려고 무얼 하는지 아십니까? 나는 잘 안다고, 나 역시 안타깝게 생각한다고 말한다. 나는 그런 생각은 하시도 않으며……

더군다나! 장군은 개의치 않고 계속 말을 잇는다. 미국이 얼마나 큰 나라인지 아십니까? 아주 큰 나라지요. 미국에 관한 책을 쓰는 건 어마어마한 일입니다. 겨우 두어 달 맛만 보고는 도저히 책을 쓸 수 없는데, 다들 모르는 것 같다니까요.

나는 폭발 직전이 되어 장군의 말에 전적으로 동의한다고, 예전부터 그렇게 생각했다고 낮은 소리로 외치지만 소용없다. 그는 앞만 보고 거듭 말한다. 미국 같은 나라에 와서 겨우 5분 머물고 서둘러 돌아가서는 그에 관한 책을 쓰는 것만큼 우매한 짓은 없습니다. 이미 수많은 사람이 그런 짓을 저질렀지요.

나는 그런 사람이 아니며 그럴 생각이 전혀 없다고 설득할 길이 없어서 그저 입을 다물고 있지만 그사이 그는 같은 말을 다섯 번쯤 되풀이한다.

그러고 나자 자리에서 일어나며 만나서 무척 반가웠다고, 내가 미국에 관해 쓴 책이 출간되면 꼭 읽어 보겠다고 하며 사라진다. 두 번 다시 만나지 않길 바랄 뿐이다.

이 기이한 만남에 지쳐 몇 시간 동안 맥을 못 추다가 마침내 정신을 차리고 국무부에 전화해(어쩐지 중요한 사람이 된 기분을 만끽하며) 내 친구 제임스를 바꿔 달라고 한다. 제임스는 다정하게 전화를 받아서는 말할 수 없이 반갑다고, 자기 아내와 아기까지 함께 점심을 먹자고 한다.

아기?

그는 생후 두 달 된 딸이 있다고 한다. 얼마나 똑똑한지 몰라요. 나는 진심으로 아기를 보고 싶다고 한다. 어쨌든 클래런스 도브 장군보다는 아기가 훨씬 유쾌한 말동무이리라. 대화 수준도 훨씬 잘 맞을지 모른다.

얼마 후 제임스가 나를 차에 태우고 오(O)라는 이상한 이름의 거리에 있는 자기 아파트로 데려간다. 그에게 예전과 똑같다고 하자 그도 내게 그렇게 말하지만 진심은 아닐 것이다. 그는 로버트와 아이들, 안타깝게도 이제는 우리 곁에 없는 개 콜리노스, 고양이 헬런 윌스의 안부까지 묻는다. 얼마 후 나는 아주 예쁘고 매력적인 그의 아내 엘리자베스와 아기 캐서린을 만난다. 아기는 아직 예쁘지는 않지만 무척 사랑스럽고 내가 안아도 울지 않아서 고마울 따름이다. 우리는 평화롭고 유쾌한 분위기에서 점심을 먹는다.

사적이고 가정적인 대화가 오간다. 한동안 사교계와 문학계 사람들만 만나다가 이런 대화를 나누자 마음이 무척 편안해진다. 게다가 《앤서니 애드버스》 얘기도 나오지 않는다.

그래도 피트가 지시한 대로 백화점에 가야 하니 내키지 않는 마음으로 이 편안한 자리를 떠난다.

고맙게도 제임스는 내일 조지 워싱턴 생가를 보여 주겠다고 한다.

백화점은 늘 그렇듯 크고 권위적이다. 잔뜩 겁을 먹고 들어가는 순간, 적어도 3년 전에 찍은 아주 잘 나온 내 커다란 사진이 눈에 잘 띄는 자리에 걸려 있는 것을 발견하고 돌아서서 나가고 픈 충동에 휩싸인다. 사진 밑에는 내가 오늘 오후 4시에 강연을 한다고 적혀 있다.

어느새 나는 기억의 파도를 타고 고향으로 돌아간다. 여성회와 어머니 연합, 그 밖의 비슷한 모임에서 목사님 아내와 번갈아 가며 지금보다 강연을 자주 했지만 우리 둘 다 딱히 들뜨거나 설레지 않았다. 강연 전에 우체국 창문 등에 이런 사진을 붙여 놓으면 어떨까 하는 기발한 아이디어가 머리를 스친다. 하지만 다시 생각해 보니 하지 않는 편이 좋을 것 같다.

(이 사진은 본드가에서 찍었는데 머리와 어깨만 나온 탓에 비키가 보더니 기겁하며 혹시 **발가벗고** 찍었냐고 물었던 기억이 난다.)

서점이 어디 있냐고 물어보니 놀랍게도 여기가 바로 서점이라고 한다. 내가 서점 안에서 멍청하고 무익한 몽상에 빠져 있었음을 깨닫고 경악한다. 쓸데없이 변명하기보다는 그저 책임자인 로버타 마틴 부인을 찾는다. 마틴 부인은 스물다섯 살처럼 보이지만 틀림없이 더 많을 것이다. 그녀는 아주 친절하게 나를 맞아 준다.

강연 **전**에 차를 드릴까요, 아니면 **후**에?

다정한 그녀의 말투에 나는 차를 좋아하지 않는다고 솔직하게 털어놓고 이따 함께 커피를 마실 수 있냐고 묻는다.

우리는 함께 커피를 마신다.

어느새 우리는 아들 얘기를 주고받는다. 로버타 마틴 부인에게는 열네 살짜리 아들이 있다고 하는데 도무지 믿기지 않아서 그렇게 말하려다가 클래런스 도브 장군의 기이한 행동이 떠올라 그만둔다.

사내아이들은 손이 많이 가지만 그래도 속내는 착하다고 우리는 입을 모은다. 그녀의 아들 시드니와 우리 아들 로빈은 공통점이 많다. 시드니는 어릴 때 파티를 좋아했냐고 묻자 그녀가 대꾸한다. 아뇨, 전혀요. 야생마를 동원해도 끌고 갈 수 없을 정도였다니까요. 그런 말을 듣자 마음이 놓인다. 게다가 그녀는 시간이 가면 변한다고 덧붙인다.

1~2년쯤 후에 로빈이 사교 생활을 요구하는 모습을 그려 본다.

(다시 생각해 보니 우리 지역은 인구도 많지 않으니 그런 일은 없을 것 같다.)

대화에 빠져 시간이 훌쩍 지나가고 로버타 마틴 부인과 나는 다정하게 헤어진다.

나오는 길에 여러 매장을 둘러보며 몇 가지를 살까 고민하지만 뉴욕으로 돌아갈 때까지 가진 돈으로 버텨야 할 테니 작은 스펀지와 메모장, 마드무아젤과 그녀의 회색 옷에 잘 어울릴 듯한 쇠구슬 목걸이만 사 들고 나온다.


## 11월 22일

조지 워싱턴 생가는 무척 아름답다. 그 유명한 벚나무는 어디 있냐고 묻자* 제임스는 그 벚나무 이야기는 이제 아무도 믿지 않는다고 (다소 냉소적으로) 대꾸한다. 어떻게 그럴 수가.

메모: 집에 가서 얘기하지 말 것. 조지 워싱턴의 벚나무 이야기는 비키에게 정직함의 미덕을 가르칠 때 유용하게 자주 써먹었으니까.

---

● 조지 워싱턴이 어릴 때 아버지가 아끼던 벚나무에 해를 입힌 뒤 솔직하게 고백해서 용서받았다고 하는 유명한 일화를 일컫는다.

게다가 그 일화는 수수께끼에 가장 많이 사용되는 소재이기도 하니까.

조지 워싱턴 생가를 떠나 곧장 로버트 리 장군의 생가로 가는데, 아쉽게도 시간이 너무 늦어서 창문에 코를 박고 안을 들여다보는 데에 만족한다. 미로처럼 집을 에워싼 도로 때문에 한참 헤매다가 마침내 출구를 발견하지만 이미 잠겨 있다. 이 안에서 밤을 새워야 하나 고민하고 있을 때 다행히 잠기지 않은 문을 발견해 무사히 빠져나온다.

제임스는 링컨 기념관도 보여 준다. 미국에서 본 어떤 건물보다도 아름다운 것 같다.

마지막으로 워싱턴 시내를 차로 달리며 많은 대사관을 지나가는데, 솔직히 영국 대사관은 그리 아름답지 않다. 가장 예쁜 곳은 일본 대사관이다.

제임스, 엘리자베스와 함께 저녁 시간을 보낸다. 캐서린은 여전히 귀엽지만 방에 혼자 두면 소리를 지르는 경향이 있다. (나도 모르게 우리 로빈의 어린 시절이 떠오른다.)

제임스와 엘리자베스 모두 아기 캐서린 때문에 잠이 부족할 테니 일찌감치 나온다. 그러나 호텔까지 태워다 주겠다는 제임스의 고집을 도통 꺾을 수가 없다. 전반적으로 미국인들은 이런 예의를 중시한다는 점이 무척 인상적이다.

　제임스와 문 앞에서 헤어진 뒤 딸기색 제복을 입은 흑인 수위들의 경례를 받으며 안으로 들어가는데, 클래런스 도브 장군이 홀에 앉아 있는 것이 아닌가. 그저 나와 승강기를 가로막고 멍하니 앉아 있다. 나는 황급히 신문 판매점으로 몸을 돌리고 관심도 없는 영화 잡지와 여송연, 담배, 그림엽서 따위를 열심히 훑어본다. 오랜 시간을 들여 그림엽서 여섯 장을 고른 뒤 값을 치른다. 하지만 밤새 엽서를 사고 있을 수는 없으니 결국 돌아선다. 클래런스 도브 장군은 여전히 그 자리에 꼼짝없이 앉아 있다. 나는 그저 고개만 까닥하고 걸음은 늦추지 않은 채 지나가기로 결심한다. 다행히 이 전략은 성공하고, 결국 나는 미국에 관한 내 책 얘기를 다시 듣지 않고 잠자리에 든다.

## 11월 23일

제임스가 소개해 준 국무부의 미스 버셀이 고맙게도 나를 백악관에 데려가 다양한 방과 흥미로운 물건들을 보여 준다.

　줄지어 걸려 있는 역대 영부인의 초상을 보니 우울해진다. 이런 기분을 떨쳐 내려고 돌리 매디슨●이 어떤 사람이더라 기억해 내려 애쓴다. 영국의 넬 긴▲과 비견되는 인물이라고 (갸우뚱하며) 결론짓지만 미스 버셀에게 얘기할 만큼 확신이 서지 않는다. 어쨌든 미국 대통령 가운데 영국의 찰스 2세와 비교할 만한 사람이 누구인지, 그런 사람이 있기는 한지 모르겠다.

오찬 모임으로 워싱턴 일정을 마무리한 뒤 제임스와 엘리자베스가 끝까지 마음을 다해 나와 짐을 모두 역까지 태워다 준다. 둘 다 푹 쉰 듯한 얼굴로 나타나서 사랑스러운 캐서린이 아무도 깨우지 않고 긴 시간 자게 해줬다고 하자 마음이 놓인다.

아쉬워하며 작별 인사를 나누고 두 사람이 영사로 오게 되면 내가 가장 먼저 찾아가겠다고 약속한다. 단, 날씨가 따뜻하면 그러겠다는 단서를 덧붙이는데, 조금 야박하게 들리려나?

기차가 출발하자 문득 궁금해진다. 내가 제안하거나 제안받은 미래의 수많은 초대에 대해 로버트는 뭐라고 할까?

---

● 미국의 4대 대통령 제임스 매디슨(James Madison, 1750~1836)의 부인.
▲ 영국의 인기 배우였다가 찰스 2세의 총비가 된 인물.

## 11월 25일

어제 필라델피아에 도착했다. 나도 모르게 자꾸 "나는 아침에 필라델피아로 떠나요."라고 중얼거리는 통에 짜증이 난다. 어디서 나온 말인지 모르겠고 알고 싶지도 않다.

엘리엇 부인이라는 모르는 여자의 집에 묵는데 그녀의 친척들이 다 모여 있다. 그 집을 떠날 때까지 그중 단 한 명의 이름도 기억하지 못한다.

엘리엇 부인이 《드넓은 세상》*을 좋아한다고 하니 반가운 마음에 그 책 얘기를 한참 나눈다. 내가 수전 워너의 생애에 관한 책이 있다고 하자 그녀는 전혀 몰랐다고 한다. 영국에 가면 한 권을 보내 주기로 약속하면서 원래 우리 작가들은 고국에서는 크게 인정받지 못한다는 말을 뼈저리게 절감한다.

<sup>메모</sup> 엘리엇 부인의 주소를 적어 놓고 내 단골 헌책방에 《수전 워너》를 한 권 구해 달라는 엽서를 보낼 것. 약속까지 해놓고 지키지 않으면 실없는 사람이 될 테니까. 하지만 그리 어려운 일은 아닐 것 같다.

---

- 원제는 《The Wide Wide World》. 미국 소설가 수전 워너의 1850년 소설로, 미국 최초의 베스트셀러로 자주 거론된다.

저녁에는 꽤 큰 클럽에서 강연이 열리는데, 불행히도 강연자는 바로 나다. 모두가 호의적일 뿐 아니라 지적인 질문을 던져서 최선을 다해 답한다. 총무가 내 강연료를 깜박한 것 같은데 차마 달라고 할 용기가 나지 않는다. 다행히 나중에 자려고 하는데 속달 우편으로 도착한다.

## 11월 27일

뜻밖에도 뉴욕에서 수호천사 러모너 허드먼이 온다. 러모너도 반갑지만 그녀가 가져온 영국 우편물이 더 반갑다. 짧은 강연을 하기 위해 서점으로 걸어가는 길이라 어쩔 수 없이 대충 훑어보기만 한다. 누구에게도 별다른 일은 일어나지 않았고, 로버트는 사우샘프턴으로 언제 마중 나와야 할지 알고 싶어 하며, 캐럴라인 콘캐넌은 책을 썼는데 아주 유명한 출판사에서 바로 받아 주었다고 한다. 나는 전혀 놀라지 않는다. 캐럴라인 콘캐넌은 성공을 향해 성큼성큼 나아갈 수 있는 젊은이니까. 어쩌면 도티가 57번지 벽에 유명한 작가 캐럴라인 콘캐넌이 잠시 살았던 곳이라는 작은 파란색 타원형 표지판이 붙을지도 모른다. 지금 당장 축하 메시지라도 보내야 할 것 같아서 조금 수고를 들여 전보를 친다.

그런 뒤 미스 러모너 허드먼과 서점에 가서 책임자인 쿠커 부인과 대화를 나눈다. 쿠거 부인은 베라 브리턴의 《청춘의 증언》*이 아주 잘 팔린다고 한다. 신작 영화 『작은 아씨들』은 뉴욕에서 꼭 봐야 한다고 모두가 입을 모으고(꼭 그럴 생각이다), 최근 미국 여성들은 칵테일 대신 토마토주스를 마시기 시작했다고도 한다.

대화는 다시 문학 얘기로 돌아가고 쿠커 부인은 내게 곧 크리스마스 쇼핑이 시작될 텐데 늘 추수감사절 때문에 타격을 입는다고 한다. 이해하고 공감하는 표정을 지으려 하지만 뜻대로 안 돼서 포기하는 찰나, 그녀가 순진하게 묻는다. 영국에서도 추수감사절이 장사에 방해가 되나요? 내가 알기로 영국은 미국에서 쇠는 명절에 함께 감사드리지 않는다고 최대한 조심스럽게 설명하자 쿠커 부인은 잠시 생각해 보더니 재미있어한다.

늘 하던 대로 강연을 하고 나자(조만간 자면서도 할 수 있을 듯) 관객 여러 명이 다가와 다정하게 말을 건다. 갈색 옷을 입은 처음 보는 여자가 오더니 우리가 몇 년 전에 만났고 나를 또렷이 기억하고 있다면서 다시 만나 무척 반갑다고 한다. 최대한 적당히 반

---

* 원제는 《Testament of Youth》. 영국의 구급 간호 봉사대 간호사인 베라 브리턴의 전쟁 회고록으로 1933년 출간되어 베스트셀러가 되었고 2015년 동명의 영화로 제작되었다.

응하다가 우리가 지난번에 정확히 어디서 만났는지 잠깐 기억이 나지 않는다고 솔직하게 털어놓는다. 세상에! 여자가 야단치듯 소리친다. 아름다운 스카버러*를 잊으셨나요?

나는 평생 그 아름다운 스카버러에 발을 디딘 적이 없어서 더욱 대답하기가 난감하다. 아무 말 없이 그저 다시 한 번 악수를 한 뒤 다음 사람을 만난다. 이 사람은 다섯 살짜리 예쁜 손녀가 있는데 우스운 말을 얼마나 많이 하는지 모른다고 한다. 그러더니 아련하게 덧붙이기를, 손녀의 말을 다 **기억할** 수 있다면 내게 들려줄 테고 그러면 내가 그것을 책으로 엮을 수도 있을 거라고 한다.

그런 특권을 놓쳐서 너무도 아쉽다고 하고는(안타깝지만 진심이라기보다는 그저 예의상 하는 말이다) 헤어진다. 미스 허드먼이 어디선가 친구와 자동차를 구해 와서는 나와 함께 저명한 비평가의 집에 차를 마시러 갈 거라고 한다. 알렉산더 울컷? 내가 기대에 차서 묻자 그녀는 놀란 얼굴로 대답한다. 아뇨. 알렉산더 울컷은 이스트강이 내려다보이는 뉴욕의 독특한 아파트에 산다는 걸 잊으셨어요? 그러더니 퉁명스럽게 덧붙인다. 미국에는 알렉산더 울컷 말고도 저명한 비평가가 많답니다. 한번 실수하고 나니 어디로

---

* 잉글랜드 북부의 해안 휴양 도시.

가냐고 다시 물어볼 용기가 나지 않는다.

막상 도착하자 아주 즐거운 다과 모임이 펼쳐진다. 내게는 과분할 정도로 유쾌한 자리인 것 같다. 한참 즐거운 시간을 보내고 있는데 친절한 노부인(여주인의 어머니)이 갑자기 우리 손님 중에 영국 여인이 있다는 사실을 잊어선 안 된다고 소리치더니 황급히 창문 두 개를 열어젖힌다. 얼음장 같은 바람이 들어오자 몇몇 사람이 (당연히도) 경멸과 분노가 서린 얼굴로 나를 본다.

이런 위생 강박증에 나보다 더 분개하는 사람은 없다고 말하고 싶지만 당연히 참는다. 대신 미국에 왔다가 폐렴으로 죽은 영국인이 많다는 사실을 떠올린다.

러모너 허드먼과 친구의 차를 타고 엘리엇 부인의 집으로 돌아오는 길에 미스 허드먼이 뉴욕 콜로니 클럽* 강연 일정이 잡혔다고 귀띔한다. 그 말에 친구가 갑자기 끼어들더니 콜로니 클럽 회원들은 세상에서 가장 까다로운 관객일 거라고 침울하게 말한다. 그곳 여자들은 앞에서 누가 강연을 해도 내내 손목시계만 본다는 것이다.

굳이 그런 곳에서 강연할 필요가 있을까 싶어 미스 허드먼에게 콜로니 클럽에는 못 가겠다고 하지만 그녀는 못 들은 척한다.

---

* 1903년 뉴욕시에 세워진 여성 전용 사교 클럽.

## 11월 28일, 뉴욕

미스 허드먼과 함께 뉴욕으로 돌아와 다시 에식스 하우스로 들어간다. 어쩐지 고국으로 돌아가는 첫걸음을 뗀 것 같고 안내 데스크 직원이 나를 오랜 단골손님처럼 맞이하자 반갑고 뭉클한 마음이 든다. 그러나 그는 할리우드에 다녀왔냐는 물음에 내가 **못** 갔고 사실은 초대도 못 받았다고 하자 실망하는 기색이 역력하다. 시카고 세계 박람회를 여러 번 갔다는 말로 무마해 보려 하지만 소용이 없다.

편지들이 기다리고 있고 그중 하나는 마드무아젤에게서 왔다. 그녀는 항상 그렇듯 얇은 종이에 보라색 잉크로 썼고 맨 앞장 윗줄만 초록색 잉크를 사용했다(로웰 토머스가 떠오른다). 나를 한 번 더 보게 될 날을 손꼽아 기다리고 있고, 우리가 '스 브루아아 드 뉴욕'\*에서 만난 지가 천년은 된 것 같다고 하면서 존경과 애정을 담아 내 손에 입맞춤을 한다고 썼다.

(프랑스 사람들은 과장이 심한 것 같다. 마드무아젤은 실제로 내 손에 입맞춤을 한 적도 없고 내가 그런 상황을 허락한 적도 없다. 우리 비

---

* 쇽자시설한 뉴욕.

키가 가끔 진실하지 않은 모습을 보이는 것이 혹시 헌신적이지만 결함이 없다고 할 수 없는 마드무아젤의 영향일까?)

그럴 거라고 생각하려는 순간 마드무아젤이 내게 아메리칸뷰티종 장미 여섯 송이를 보낸 것을 깨닫고 감동해서 비키의 도덕성에 미친 영향은 잊기로 한다. 논리적이라고 할 수는 없지만 여자의 관점에서는 충분히 일어날 수 있는 일이다.

마드무아젤에게 전화한다. 그녀의 높고 시끄러운 목소리 때문에 언제나처럼 "몽 디외!"● 말고는 알아듣기가 어렵다. 나는 편지와 장미를 보내 줘서 고맙다고 하며 내일 오후에 와서 함께 영화를 보자고 제안한다. 마드무아젤이 원하는 영화는 무엇이든 좋지만 『헨리 8세』는 참아 달라고 한다. "메 농, 메 농."▲ 마드무아젤이 소리치더니 "스 모디 루아"■라고 덧붙이는 듯하다. 종교 개혁 때문인 것 같지만 쓸데없는 논쟁은 피하고 싶어서 그저 『작은 아씨들』을 제안한다.

그러자 마드무아젤이 다시 소리친다. "아, 부알라 윈 본 이데! 세트 셰르 비 드 파미, 스 장티 로망 드 라 죄네스, 세트 드롤 드

---

● 세상에!
▲ 안 돼요, 안 돼.
■ 그 빌어먹을 왕.

조, 쾨르 도르, 테트 드 리노트."* 그녀는 계속 떠들지만 굳이 해독하지 않으련다.

모든 것에 동의한 뒤 그 전에 점심을 먹자고 하지만 마드무아젤은 의무 때문에 그럴 수가 없다고 한다. 우리는 약속 장소를 정하고 전화를 끊는다.

늘 그렇듯 머리 손질이 시급해서 호텔 미용실로 달려간다. 미용사는 고맙게도 내가 보고 싶었다고 하며 익숙하게 머리를 손질해 준다.

다시 방으로 올라오자 곧바로 전화벨이 울리더니 출판사에서 언제 어떤 배를 탈 것인지 당장 정하라고 한다. 너무 뜬금없지 않나? 어쨌든 최대한 정신을 차리고 메모지를 뒤적거린다. 분명히 증기선 일정을 적어 놓은 것 같은데, 일하는 사람들 선물이나 여성회에 보여 줄 미국 사진, 내 야회용 스타킹 따위만 적혀 있다. 결국 베렝가리아호를 타겠다고 단호하게 말한다.

출판사는 이제 배려보다는 이성을 택하기로 한 듯 홍보가 끝났으니 일반석으로 가는 편이 훨씬 저렴할 거라고 한다.

동의하고 전화를 끊은 뒤 설레는 마음으로 로버트에게 전보를 친다.

---

* 아, 좋은 생각이에요! 사랑스러운 가족의 삶, 달콤한 청춘의 이야기, 개미있는 소, 따뜻한 마음씨에, 덜렁거리는 싱걱.

## 11월 29일

고맙게도 뉴욕에 처음 왔을 때 만난 사람들이 다시 수면 위로 떠오른다. 모두가 전화해서 떠나기 전에 점심이나 저녁을 먹자고 한다.

엘라 윌라이트는 인편으로 초대장을 보내 오찬에 한 번, 만찬에 두 번 초대하고 내가 배를 타고 떠나는 모습을 보러 오겠다고 야단스럽게 덧붙였다. 감동한 나는 오찬 초대와 만찬 초대 한 번을 받아들이고 나를 배웅하려면 가장 저렴한 칸으로 오라고 일러 준다. 오전에는 출판사 방문으로 시간을 보낸다. 그들은 나를 친절하게 응대하며 내가 아주 유용한 초석을 놓았다고 한다. 새로 지은 시청 개관식에 참석한 명사가 된 기분이다.

강연 에이전시도 찾아가는데 역시 친절하지만 출판사만큼 열의를 보이진 않는다. 에이전시 대표는 강연 레퍼토리를 두 가지로 제한하지 않고 좀 더 늘리면 유용할 거라 넌지시 제안한다. 합리적인 의견임을 인정할 수밖에. 계속해서 그는 다음 겨울에 내가 순회 강연을 온다면 어떤 일정을 소화하게 될지 개략적으로 가볍게 설명해 준다. 나만 괜찮다면 뉴욕에서 로키산맥 끝까지 가게 될 것이며 비행기도 많이 타게 될 거라고 한다.

모호하게 동의한 뒤 우아하게 수표를 받고 떠난다.

차일즈*에서 혼자 점심을 먹는다. 최근에 대화를 너무 많이 한 탓인지 혼자 있는 시간이 오히려 편하다. 이곳 서비스는 믿을 수 없을 만큼 빠르고 효율적이다. 유럽은 어느 나라에든 훨씬 느긋한 태도가 만연해 있는데 미국인들은 유럽에 오면 어떻게 견딜까 궁금하다.

얼마 후 마드무아젤을 만나자 호들갑스러운 환영에 뭉클하면서도 한편으로는 조금 창피해진다. 시카고 세계 박람회에서 작은 선물을 샀지만 고마움을 어떻게 표할지 모르니 헤어지기 직전에 주기로 마음먹는다.

우리는 영화관으로 들어간다. 내가 이미 자리를 예약해 놓았다. 마드무아젤은 몹시 감탄하며 미국은 모든 게 '엉 프리 푸'▲라고 한다. 이윽고 그녀는 커다란 모자를 벗더니 무릎 위에 아슬아슬하게 올려놓는다. 내가 괜찮을까, 좌석 밑에 놓는 게 낫지 않을까 묻자 그녀는 첫 질문에는 끄덕끄덕, 두 번째 질문에는 도리도리하고는 모자를 그대로 둔다.

『작은 아씨들』에 앞서 페인트칠 도중에 일어난 작은 소동을 다룬 코믹한 영화가 나온다. 어린 시절에 유행하던 재미있는 노래

* 당시 북미 전역에 퍼져 있던 대중적인 식당 체인
▲ 미친 가격.

가 문득 떠오른다. '아버지가 응접실을 도배할 때면 풀을 잔뜩 뒤집어써서 보이지 않았지.' 마드무아젤에게 이 노래를 기억하냐고 물어봤다가 끝없는 후회에 시달린다. 마드무아젤은 "코망?"● 하고 수없이 되묻는다.

중요하지 않으니 나중에 얘기하자고 하지만 마드무아젤은 그럴 수 없다고 한다. 나는 턱없는 프랑스어로 설명을 시도한다. "캉 몽 페르……"▲ 여기까지 하고 포기하자 마드무아젤이 말한다. "메 위, 캉 보트르 페르……?"■ '응접실에 도배하다'를 프랑스어로 뭐라고 하는지 몰라서 갖가지 시도를 하다가 모두 실패한다.

결국 마드무아젤은 혹시 '몽 페르'가 '아베크 르 주르날 당 르 파루아르'◆라는 말이냐고 묻는다. 아니라는 건 알지만 더 얘기할 기력이 없어서 어물쩍 넘어간다.

다행히 그사이 코믹한 영화가 끝났다. 우리는 『작은 아씨들』을 기다린다.

생생하게 기억하는 콩코드의 집이 스크린에 투사되면서 화면에 눈이 내리자 나는 참지 않고 눈물을 쏟는다. 영화는 말할 수

---

● 뭐라고요?
▲ 내 아버지가…….
■ 계속해 보세요. 아버지가……?
◆ 응접실에서 신문을 본다.

없이 감동적이고 연기와 연출도 모두 훌륭하다. 옆에서 마드무아젤도 흐느끼고 주변 사람 대부분이 흐느끼는 소리가 들리면서 우리는 더없이 아름다운 오후를 보낸다.

베스와 마치 부인, 베어 교수의 연기가 예술적으로 완벽하다고 하자 마드무아젤은 흐느끼면서도 내 말에 동조하며 에이미와 조도 훌륭했다고 얼른 덧붙인다.

우리는 최대한 감정을 추스르고 함께 근처 잡화점에서 진한 커피를 마신다. 그러고 보니 마드무아젤의 모자가 손쓸 수 없이 애처롭게 망가졌다. 마드무아젤은 무릎에 올려놓은 모자가 자기도 모르는 사이에 떨어져서 몇 사람이 밟고 지나간 것 같다고 한다. 나는 함께 새 모자를 사러 갈까 조심스레 제안하지만 그녀는 한 시간쯤 손을 보면 된다며 사양한다. 검정 벨벳 헝겊도 있고 재작년 여름에 쓰던 모자에서 떼어 놓은 '블뢰에'* 조화가 두세 송이 있으니 그걸로 손을 보면 새 모자처럼 된다는 것이다.

프랑스 사람들의 절약 정신과 바느질 솜씨는 세계 어느 나라도 따라올 수 없을 것이다.

이윽고 아이들 애기가 나온다. 마드무아젤은 한껏 감상에 젖

---

* 수레국화

어, 비키가 지금껏 만난 어떤 아이보다도 똑똑하고 착하고 예쁘며, 앞으로도 그런 아이는 절대 만날 수 없을 거라고 한다. (내게는 마드무아젤이 정반대의 평가를 한 기억이 수없이 많이 남아 있는데 말이다.) 마드무아젤은 지금 말은 아이들 얘기도 적당히 열의 있게 들려주고 부모들도 칭찬한다. 그들은 그녀의 수업에 전혀 개입하지 않고 급여를 아주 많이 주며 내년에는 그녀를 파리로 데려갈 예정이다.

그런 다음 그녀는 내게 순회 강연을 잘했는지 물어보고 내 얘기를 공감하며 들어준 뒤 따뜻하게 작별 인사를 건네며 내가 베렝가리아호를 타고 떠나는 날 꼭 오겠다고 약속한다. 그러더니 이렇게 덧붙인다. "시 사 두아 므 콜테 라 비."•

그런 희생은 필요치 않을 거라 확신하지만 센트럴파크로 걸어가면서 문득 궁금해진다. 마드무아젤과 엘라 월라이트가 둘 다 배웅하러 온다고 하니 두 사람은 서로를 보고 어떤 반응을 보일까?

강연 에이전시에서 수표도 받았겠다, 곧 엘라의 아파트에서 열리는 만찬에도 참석해야 하니 쇼윈도를 들여다보며 새 야회복 드레스를 살까 고민한다. 어설픈 솜씨로 짐을 쌌다가 풀기를 반복하

---

• 제 목숨을 걸고서라도요.

다 보니 개탄스럽게도 새 드레스가 절박하게 필요하다. 5번 애비뉴의 상점들은 모두 비싸 보여서 겁이 나지만 확실히 유혹적이다.

한 상점에 들어가자 직원이 공격적으로 달려들어 진녹색과 진자주색 드레스만 계속 내놓으며 올해는 이 두 가지 색이 아니면 입을 수 없다고 귀띔한다. 둘 다 나에게는 안 어울리는 색이라 별수 없이 그냥 나온다.

길을 걸어가는데 다리가 아주 가늘고 커다란 모피 깃이 달린 외투를 입은 젊고 예쁜 여자가 불쑥 말을 건다. 다시 만나서 얼마나 반가운지 모르겠다는 것이다. 나도 반갑다고 하며 이 여자를 어디서 봤더라 기억을 더듬어도 도무지 떠오르지 않는다. 클리블랜드? 시카고? 버펄로? 보스턴? 정말 모르겠다. 하지만 드레스를 사려고 하는데 조언해 달라고 충동적으로 부탁한다.

그녀는 어머, 하고 다정하게 말하며 **당장** 자기 단골 가게로 가자고 한다. 마침 그리로 가는 길이라면서.

막상 가보니 탁월한 선택이었다. 진녹색이나 진자주색은 보이지 않고 결국 나는 프릴 달린 검정 드레스와 은색 허리띠를 산다. 누군지 모르는 매력적인 친구는 야회용 외투와 스카프 두 개를 사고는 내가 베렝가리아호를 타는 날 배웅하러 오겠다고 한다.

우리는 상냥하게 헤어지고 나는 여전히 (어쩌면 영영) 그녀가 누구인지 모르는 채로 에식스 하우스로 돌아간다. 다섯 개의 전화 메시지가 기다리고 있다. 영 내키지 않는 기분으로(피로 때문인 듯) 예의상 모두에게 전화하지만 대부분 외출하고 없다. 미국의 삶이 정력적이라는 증거일 것이다. 그 엄청난 기운과 활력에 감탄하지만 나는 도저히 따라갈 수 없어서 한 시간쯤 조용히 자고 일어난 뒤에야 엘라의 만찬에 가기 위해 옷을 입는다.

파크 애비뉴에 있는 멋진 아파트에서 만찬이 열린다. 엘라는 목 앞쪽이 높이 올라오고 등과 어깨는 훤히 드러난 진녹색 드레스를 입었다(5번 애비뉴의 옷 가게 여자 말이 맞는 모양이다). 엘라는 내 순회 강연이 어땠는지 몹시 궁금하다고 한다. 보스턴은 무조건 좋았다는 것을 안다면서 영국에 돌아가면 그곳 생각이 많이 날 거라고 한다. 시카고는 그리 좋지 않았고 그저 중서부 지역에 불과했다는 것도 안다고 한다. 완전히 잘못 짚었다고 말하려 하는데 그녀가 애리조나에 다녀온 얘기를 시작하는 바람에 바로잡을 기회를 날린다.

꽤 잘생겼지만 대머리인 옆자리 남자가 아주 상냥하게 말을 건다. 내가 미스 블럿의 절친한 친구라고 들었다는 것이다. 그 정보는 다름 아닌 미스 블럿에게 들었을 텐데 굳이 아니라고 말할 기운도 없다. 결국 우리는 한동안 열성적으로 미스 블럿에 관해 호의적인 대화를 나눈다. (완전히 시간 낭비다.)

짐을 싸야 하고 밀린 잠을 자고 싶기도 해서 일찍 나온다. 잘생긴 남자가(이름은 줄리어스 밴 애덤스다) 문 앞에 자기 차가 기다리고 있으니 태워다 주겠다고 한다. 그의 차를 타고 돌아가면서 대화에 완전히 빠져(미스 블럿은 오래전에 잊혔다) 센트럴 파크를 다섯 바퀴나 돈다.

자정이 지나 새벽에야 에식스 하우스 앞에서 다정하게 헤어진다.

## 11월 30일

미국 방문의 마지막 일정은 믿을 수 없이 빠르게 지나간다. 출판사에서 아주 고맙게도 가는 길에 읽을 책을 보내 주었는데 도저히 짐과 함께 쌀 수가 없어서 따로 들고 가기로 한다. 상의하는 사람마다 모두 그게 좋겠다면서 끈으로 묶으면 괜찮을 거라고 한다. 반드시 끈을 사야겠다고 마음먹는다.

책을 넣지 않아도 짐 싸기는 워낙 어려운 일이라 호텔 객실을 기어다니며 짐 가방들 속에 파묻혀 많은 시간을 보낸다. 그럼에도 결과는 썩 만족스럽지 않다.

그 와중에 출판사에서 전화해 뉴욕의 밤 문화를 보았냐고 묻자 깜짝 놀라면서도 고마운 마음이 든다. 여기에는 두 가지로 답할 수 있다. 긴 만찬을 즐긴 뒤 늦은 시각에 택시를 타고 북적거리는 거리를 달려 호텔로 돌아온 것만으로도 뉴욕의 밤 문화를 봤다고 할 수 있다면 '그렇다'이고 그보다 더 구체적인 의미라면 '아니다'이다. 뭐라고 답할까 고민하지만 어차피 그들은 이미 계획을 짜놓았다. 출판사 사람이 아주 단호하게 말한다. 나이트클럽과 할렘*에 가보지 않았다면 뉴욕을 봤다고 할 수 없다고. 사실은 내가 이 두 곳을 경험하는 일정을 짰다고 한다. 내가 머뭇거리며 묻는다. 언제요? 그쪽에서 대답한다. 오늘 밤에요. 잠시 후 그가 다시 덧붙인다. 물론, 괜찮으시다면요. 무의미한 말이다. 나의 참여 여부는 전적으로 출판사의 결정에 달려 있다는 것을 나도 알고 그도 알기에 제안을 호의로 받아들이고 짤막하게 묻는다. 무얼 입어야 하죠?

<sup>메모</sup> 밤이 오기 전에 샴푸 서비스와 머리 손질을 받고 얼굴 관리도 받도록 최대한 노력할 것. 물론, 시간이 허락한다면 말이다. 아무래도 불가능하겠지만.

---

* 지금은 빈민가로 알려져 있지만 당시에는 창의적 문학 운동의 중심지였다.

**몇 시간 뒤**. 뉴욕의 밤 문화가 혼을 쏙 빼놓는 것 같다. 7시에 미스 러모너 허드먼이 나를 데리러 온다. 헬런 어쩌고라는 매력적인 젊은 여성과 키 큰 남자 세 명을 데려왔다(이 굉장한 성과를 칭찬하고 싶지만 당연히 참는다).

모르는 사람 다섯 명과 이야깃거리를 찾을 수 있을까 싶지만 이제 와서 걱정해 봐야 기운만 빠질 것이다. 다행히 그들이 칵테일을 권하자 그 마법의 힘을 빌리기로 한다. (칵테일이 현대 생활에 미치는 영향은 아무리 과장해도 충분하지 않으리라.) 남자 셋의 이름은 기억나지 않지만 어쩐지 잘 아는 사람처럼 느껴지고 그중 속눈썹이 아름다운 남자는 우리가 전에 만난 적이 있다고 한다. 그의 이름은 유진이다. 얼마 후 그의 두 친구 이름도 서서히 각인된다. 찰리와 테일러. 하지만 어느 쪽이 찰리이고 어느 쪽이 테일러인지는 끝까지 헷갈린다.

저녁을 어디서 먹을지를 놓고 논의가 벌어지지만 어차피 나는 적극적으로 참여할 입장이 아니다. 미스 허드먼은 내게 뉴욕의 밤 문화를 제대로 보여 줘야 한다는 압박에 시달리는 것 같다. 결국 우리는 **고급 주류 밀매점**으로 가기로 한다. 참으로 모순적인 표현이 아닐 수 없다.

수류 밀매점은 겨우 두 블록 거리라 걸어가는데 테일러가(찰리

일지도 모르지만 아마도 아닐 것이다) 나를 에스코트하면서 놀라운 질문을 던진다. 혹시 호텔에서 센트럴 파크에 있는 사자가 포효하는 소리가 들리나요? 아뇨. 자동차와 경적 소리, 가끔 호각 소리도 들리지만 사자 소리는 못 들어 봤어요. 테일러는 몹시 실망하는 얼굴로 그래도 새벽에 센트럴 파크에서 오리가 꽥꽥거리는 소리는 들었을 거라고 넌지시 말한다. 별수 없이 그런 소리도 못 들었다고 하자 테일러는 내게 한층 더 실망한 듯 보인다. 그가 자신은 사자 소리와 오리 소리를 자주 듣는다고 진지하게 단언하면서 우리의 대화는 잠시 끊어진다(나는 사자들이 정확히 어디에 있으며 어떤 습성을 지녔는지 좀 더 알기 전까지 센트럴 파크를 걷는 건 피하기로 다짐한다).

**고급 주류 밀매점**은 과연 이름에 걸맞은 곳이다. 주황색 덮개와 크롬 도금으로 장식했고 몹시 시끌벅적하다. 우리는 주인을 만나 얘기를 나눈다. 그는 티퍼레리* 출신이라서(티퍼레리는 영국과 아주 멀리 떨어져 있다고 말하고 싶지만 참는다) 우리는 아일랜드와 런던의 나이트클럽, 엠파이어 스테이트 빌딩 등을 화제로 삼는다.

---

● 아일랜드 중남부의 주.

돌연 찰리가 (뜬금없이) 묻는다. 금주법이 폐지되면 주류 밀매점은 어떻게 될까요? 주인은 매일 저녁 그런 질문을 백만 번씩 듣는 것 같다고 하더니(틀림없이 사실일 것이다) 잠시 후 다른 데로 가버린다.

훌륭한 저녁 식사가 나오고 우리는 이따금 춤을 춘다. 유진이 내게 책 얘기를 하며 자기도 출판업자라고 한다.

그곳을 나와 택시를 타고 나이트클럽으로 향하면서 미국 택시는 비교적 널찍하다는 사실에 새삼 감탄한다. 다 함께 얘기를 나누다가 영국 음식이 화제로 떠오르자 러모너와 그녀의 친구 헬렌은 내 기분을 생각해서인지 과하게 호의적으로 얘기한다. 유진과 찰리는 역시 내 기분을 생각해서인지 아무 말도 하지 않지만 소신 있어 보이는 테일러는 영국 양배추에 꽤 많이 시달렸다고 한다. 그래도 영국 디저트는 훌륭하다고 덧붙인다. 그러더니 놀랍게도 영국 디저트는 대개 금으로 된 작은 전용 나이프와 포크로 먹는다고 한다. 영국에 있을 때 귀족들하고만 어울린 것 같으니, 디저트를 평범한 은제 식기로 먹는 우리 집에는 절대 초대하지 말자고 황급히 다짐한다.

나이트클럽에 도착하자 문 위에 전깃불이 켜진 간판이 보인다. 파라다이스. 단순하지만 적절한 이름은 아닌 것 같다. 내부는, 적어도 내 눈에는 런던에 있는 로열 앨버트 홀만큼 넓어 보인다. 사람이 가득 들어차 있고 저마다 악을 쓰는 데다가 관현악단이 재즈를 연주하고 발가벗다시피 한 지독히 예쁜 여자들이 넓은 무대를 활보한다.

우리가 자리를 잡고 앉자 찰리가 내게, 악단 지휘자는 폴 화이트먼인데 지난해에 34킬로그램을 감량했고 그의 아내는 책을 한 권 썼다고 일러 준다. 나는 그래요? 하고 외친 뒤 엄청난 소음 때문에 대화를 포기한다.

젊은 여성이 여러 명 나오더니 몸을 부자연스럽게 뒤틀며 공연을 한다. 나는 문명의 발전에 대해 생각하다가 테일러가 귀에 대고 외치는 소리에 퍼뜩 정신을 차린다. 관현악단의 지휘자가 화이트먼인데 최근에 34킬로그램을 감량했다는 것이다. 이번에는 대답 대신 고개를 끄덕인다.

귀가 먹먹한 소음이 계속되고, 무대 위에서 검은 벨벳 옷을 입은 지친 모습의 여자 셋이 마이크를 에워싸고 옹기종기 서 있는 모습이 인상적이다. 노래를 부르는 것 같지만 소음만 계속될 뿐 노래는 들리지 않는다. 얼마 후 옷을 홀딱 벗고 이상한 깃털 부채를 하나씩 흔드는 미녀들이 나타나 그들을 밀어낸다.

이런 공연을 보며 만족을 얻는 나이는 딱 스물다섯까지라고 결론짓고 있을 때 테일러가 다시 내 정보원을 자처한다. 그는 이곳 주인들이 추수감사절에 어린 신문 배달원 400명을 모아 놓고 이 공연을 공짜로 보여 준다고 고래고래 소리친다. 나는 청년들에게 이보다 더 건전하거나 유익한 선물은 없을 거라고 냉소적으로 대꾸하지만 이 말도 허공으로 흩어져 버리자 우리는 곧 그곳을 나선다. 파라다이스와 비교하니 브로드웨이 공기가 더없이 맑게 느껴진다. 아무래도 정반대 이름으로 바꿔야 하지 않을까 싶다.

이제 할렘에 가나요? 내가 묻자 모두가 부인하며 할렘에는 새벽 1시 전에 가면 볼 게 없다고 한다. 우리는 브로드웨이에 있는 다른 나이트클럽에 갈 예정이다. 이름은 '몽마르트르'이고 비교적 작고 조용한 곳이라고 한다.

막상 가보니 과연 그런 것 같다. 댄스 플로어를 에워싼 채 서로에게 고함치는 사람이 300명도 채 안 돼 보인다. 관현악단이 훌륭한 연주를 하는 가운데(특히 흑인 여성 피아니스트의 솜씨가 놀랍다) 열다섯 살쯤 돼 보이고 '쌍둥이'로 불리는 두 청년이 기막힌 춤을 선보인다. 우리는 한동안 구경한 뒤 그에 걸맞은 박수로 보답한다. 말소리가 비교적 잘 들리고 일행이 나누는 대화도 대체로 귀에 잘 들어온다. 배우 메이 웨스트와 시카고 세계 박람회, 영화 『아기 돼지 삼형제』, 미국 라디오와 영국 방송의 차이점 등이 화제로 떠오른다.

찰리는 아직 내 책을 못 읽었지만(전혀 놀랍지 않다) 당장 읽겠다고 한다. 그저 예의상 하는 말이니 진지하게 받아들일 필요가 없다는 것을 그나 나나 잘 알고 있다.

잠이 쏟아지는 탓에 잠시 후면 하품을 참을 수 없을 것 같다. 테이블 밑에서 살을 꼬집으며 주위를 둘러본다. 헬런과 러모너는 아직 생기 넘치고 말똥말똥하다. **나이는 못 속인다**는 우울한 생각이 절로 밀려든다. 금방이라도 하품이 나올 것 같아서 이를 악물고 아까보다 더 세게 살을 꼬집으며 최대한 눈을 동그랗게 뜬다. 지금 내 모습이 어떨지 모르지만 볼 수 없는 게 다행이리라. 테일러가 내게 얘기하고 있지만(그의 가까운 친척이 영국 공작의 가까운 친척과 결혼했다는 얘기인 것 같다) 그의 목소리는 아득하게 들리고, 이따금 나도 같은 생각이며 그의 말이 전적으로 옳다고 앵무새처럼 말하는 내 목소리도 어렴풋이 들린다.

다행히 때마침 관현악단이 "푸른 도나우강"을 연주하고 유진이 나에게 춤을 청한다. 기꺼이 응하자 잠이 깨면서 기운이 난다. 다시 자리에 앉자마자 바로 블랙커피를 마시니 좀 더 정신이 들면서 잠시나마 하품이 잦아든다.

유진은 출판에 관한 얘기를 하고 있다. 흥미롭게 들으면서도 그의 긴 속눈썹을 보며 혹시 여자 형제가 있을지, 그렇다면 여자 형제의 속눈썹도 저렇게 아름다울지 생각한다.

얼마 후 러모너가 이제 2시이니 할렘으로 가자고 한다. 모두가 동의하고 우리는 다시 한 번 어둠 속으로 나간다.

택시에 오르자 이제는 모두가 오랜 친구이고 서로를 아주 잘 아는 느낌이 든다. 나는 놀랍도록 환하게 반짝거리는 거리를 내다보며 집에서 일하는 여자들의 크리스마스 선물을 사야 한다는 사실을 떠올린다. 젊은 플로렌스에게는 실크 스타킹을 두 켤레쯤 사다 주면 될 텐데 요리사의 선물은 좀 더 까다로운 문제다. 실크 스타킹을 좋아하지도 않겠지만 맞는 사이즈를 구할 수 있을지도 의문이다. 핸드백은 어떨까? 그리 특별하지도 않고 영국에서도 얼마든지 살 수 있다. 책은 무조건 탈락이다. 요리사는 내 면전에서도 독서는 애처로운 시간 낭비라고 버젓이 말하는 사람이니까.

그때 테일러가 불쑥 말한다. 내가 관찰력이 아주 뛰어나고 주변의 모든 것을 기억하려고 노력하는 것 같다고. 지금 이 순간에도 미국의 밤 문화와 내게 익숙한 런던이나 파리의 밤 문화를 비교하고 있을 게 틀림없다나. 맞아요, 그렇답니다. 나는 이렇게 대답하며 내게 익숙한 밤 문화는 떠올리지 않으려 애쓴다. 10시 30분쯤 고양이를 내보내고 뻐꾸기시계의 태엽을 감은 뒤 곧장 침대에 들어가 다음 날 아침 8시까지 자는 그런 문화 말이다.

테일러의 말에 이어 잠깐 정적이 흐르자 나는 관찰력이 뛰어나고 지적인 사람처럼 보이려 안간힘을 쓴다. 택시가 멈추고 할렘의 코튼 클럽 앞에 내리자 한결 마음이 편안해진다.

거의 발가벗은 흑인 여자들이 무대 위에서 놀라운 춤을 선보이고 흑인 관현악단이 연주를 하고 있다. 전 세계를 통틀어 흑인이 리듬감이 가장 좋다는 데 모두가 의견을 같이한다. 이곳에서도 시끄럽게 외치는 사람들 때문에 비명을 지르다시피 해야 알아듣는다.

의문 우리 대화가 목청껏 외칠 만큼의 가치가 있는 걸까? 답 절대 아니다.

흑인 무희들이 마지막으로 현란한 몸짓을 하며 물러나자 사람들이 일어나 "폭풍의 날씨"*에 맞춰 춤을 추고 또 한 번 모두가 리듬감 얘기를 되풀이한다.

잠시 후 다시 잠이 몰려오는 통에 한 번 더 블랙커피를 마신다. 3시 30분쯤 되자 러모너가 이제 뉴욕의 밤 문화를 충분히 본 것 같다고 에둘러 말한다. 내가 동조하자 우리는 이내 헤어진다. 나는 오늘 밤 정말 즐거웠다고 (진심으로) 말하고 모두에게 깊은 감사를 표한다.

---

- 원제는 "Stormy Weather".

방으로 돌아와 거울을 보는 순간 이런 흥겨운 삶은 내게 맞지 않는다는 결론을 내린다. 어쨌든 새벽 4시에 보기엔 그렇다.

잠이 들려는 찰나, 마지막으로 머리를 스치는 생각. 뉴욕 밤 문화와 떼려야 뗄 수 없는 엄청난 소음에 시달렸으니 내 방 창문 아래서 센트럴 파크 사자들이 포효한다고 해도 인지하지 못하는 게 아닐까?

## 12월 1일

엘라 윌라이트가 주최하는 마지막 오찬에 참석한다. 엘라의 말로는 여기서 엘런 선생을 만나게 될 거라고 한다. 비명을 지르며 미국에서 그의 책을 읽지 않은 사람은 나밖에 없는데 어떻게 만나냐고 하자 엘라는 하비 엘런이 아니라《미국의 행진》을 쓴 프레더릭 루이스 앨런이라며 걱정하지 말라고 한다. 그렇다면 얘기가 달라질 듯. 나는 아주 차분하게 앨런 부부를 마주하는데, 둘 다 무척 마음에 든다.《평화의 수호》*라는 책을 쓴 영국인 로디 대령도

---

- 원제는《Peace Patrol》.

만난다. 나는 이 책을 읽어 보지 않았지만 얘기를 들어 보니 로버트가 좋아할 것 같아서 그의 크리스마스 선물로 사기로 한다.

여공작 두 명을 만나는데 한쪽은 젊고 한쪽은 나이가 지긋하며 둘 다 미국인이고 둘 다 커다란 진주를 둘렀다. 문득 레이디 복스가 떠오른다. 이 여자들은 레이디 복스보다 훨씬 더 큰 진주를 둘렀고 거대한 다이아몬드와 사파이어도 걸쳤다. 레이디 복스가 이곳에 와서 저들을 봤으면 하는 속 좁은 소망이 고개를 든다. 그리고 체면과 예의를 걱정하지 않고 둘 중 내 옆에 있는 여인에게 흑진주 반지와 다이아몬드 팔찌, 루비와 에메랄드가 박힌 손목시계를 자세히 보게 해달라고 부탁할 수 있다면 좋겠다는 염원도 품어 본다.

두 여공작을 제외하고 여자 손님은 한 명뿐인데, 다행히 이 여성이 촌스러운 (백금도 아닌) 금 결혼반지와 줄리아 고모에게 물려받은 수수한 다이아몬드 반지를 제외하곤 아무것도 걸치지 않은 나와 눈부신 여공작들의 중간쯤 되는 것 같다. 그녀는 남편이 주식 브로커라고 하더니 뉴욕 증권 거래소를 꼭 봐야 한다면서 기꺼이 나를 데려가 주겠다고 한다. 무척 고맙지만 내일 오후 4시에 배를 타야 한다고 설명하자 그녀는 그럼 오전에 가면 되겠다고 한다. 무척 고맙지만 짐을 싸야 해서 안 될 것 같다고 하자 그녀는 고집스레 말한다. 그럼 오늘 오후에 갈까요? 그것도 괜찮을 거예요. 아까보다 더 깊이 고마움을 표하고 이번에는 구체적인 이유를 대지 못한 채 한 번 더 거절한다.

그녀는 불쾌한 기색 없이 식당을 나와서도 나와 다정하게 얘기를 나눈다. 엘라와 두 여공작은 우리 둘을 개의치 않고 저희끼리 파리와 리비에라 해안 지방, 옷 등을 화제로 대화한다.

그래도 내가 떠나기 직전에 엘라가 마음을 고쳐먹고 나를 배웅하겠다는 약속을 상기시키며 에식스에서 함께 점심을 먹고 선착장까지 데려다주겠다고 한다. 그런 뒤 뜻밖에도 배에서 읽을 책을 한 권 보내겠다고 한다. 다름 아닌 《앤서니 애드버스》다. 내가 호들갑스럽게 고마움을 표하며 그 책을 무척 읽고 싶었다고 말하는 소리가 들린다. 한편으로는 경악하지만 그리 놀라운 일은 아니다.

주식 브로커의 아내가 차로 데려다주겠다고 해서 우리는 함께 나선다. 그녀는 한 번 더 증권 거래소를 열심히 홍보하지만 나는 응할 수가 없다. 그래도 그녀의 호의에 고마움을 표한다.

미국 순회의 마지막 공식 일정을 위해 콜로니 클럽으로 향하면서 최근에 들은 정보, 즉 이곳 회원들은 손목시계만 본다는 정보를 자연스레 떠올린다. 내게는 다행스럽게도 적어도 오늘 참석한 관객에게는 그 말이 명예 훼손이 될 것 같다. 모두가 예의 바르게 경청하고 있다. 나는 강연을 끝낸 뒤 내 책의 일부를 짧게 낭독하며 마무리한다.

오후 일정의 유일한 흠이 있다면 맨 앞줄에 앉은 여자가 옆 사람에게 이렇게 물은 것이다. 뭘 읽는대요? 옆 사람은 침울한 투로 자기도 모르지만 **재미있을** 거라고 대꾸한다. 그러고 나자 내가 아무리 재치 있는 말을 해도 성공할 수 없을 것 같은 기분이 든다.

이후 출판사 사람과 함께 뉴저지주 잉글우드에서 열리는 파티에 참석하는 것으로 하루를 마무리한다. 그가 직접 운전하다가 길을 잃는 바람에 늦게 도착하자 주인이 묻는다. 초대장과 함께 작은 지도를 보냈는데 못 받으셨나요? 그러자 출판사 사람은 잘 받았지만 안타깝게도 집에 놓고 왔다고 한다. 이건 내가 할 법한 실수 아닌가?

유쾌한 시간이 이어지지만 내일이면 집에 간다고 생각하니 너무 흥분돼서 도무지 다른 생각을 할 수가 없다.


## 12월 2일

오후 4시에나 출발할 예정인데, 굳이 새벽에 로버트에게 지금 출발한다는 전보를 쳤다. 그런 뒤 아직 다 싸지 못한 짐과 씨름하고 있을 때 엘라 윌라이트가 도착한다. 이른 시간이라는 건 알지만 혹시 도울 게 있을까 싶어서 서둘러 왔다고 한다.

그러나 도와준다던 그녀는 침대에 앉아 짙은 붉은색 매니큐어가 자기에게 어울리지 않는다고 떠든다. 코럴도 괜찮고 로즈핑크도 괜찮지만 짙은 빨간색은 영 아니라는 것이다. 당연히 나는 (여전히 짐을 싸면서) 그런데 왜 그 색을 발랐냐고 묻는다. 왜냐고요? 엘라가 놀라며 되묻는다. 그야 물론 그럴 수밖에 없으니까요. 요즘엔 다들 짙은 빨간색을 바르는데 어떻게 다른 색을 바르냐는 것이다. 어쨌든 짙은 빨간색은 자기에게 어울리지도 않고 좋아하지도 않아서 참으로 안타깝다고 한다.

나는 내심 엘라가 안타까운 운명의 희생자임을 제대로 설파하지 못했다고 생각하면서도 공감하는 소리를 내며 짐을 쌌다 풀기를 반복한다.

내 슬리퍼와 여행용 시계뿐 아니라 목사님 아내의 선물도 넣지 못해서 낑낑거리다가 결국 엘라에게 도움을 청한다. 그녀는 마지못해 나서면서 자신의 옷차림이 힘쓰는 일에 적합하지 않다고 투덜거린다. 무언가를 들다가 겨드랑이가 터질 수도 있다는 것이다.

다행히 이런 참사를 피한 채로 마침내 상자들이 닫혀 아래층으로 옮겨지고 산더미처럼 쌓인 듯한 수화물 위에 책 탑이 높게

쌓여 있다. 엘라는 질색하는 얼굴로 바라보면서 끈이 필요하다고 하며 《앤서니 애드버스》를 내민다. 차라리 끈을 가져왔더라면 더 고마웠을 텐데.

우리는 페르시아 커피숍으로 내려가 점심을 먹으며 트레시더 부인 얘기를 나눈다. 엘라는 그녀에게 이런저런 모호한 얘기를 전해 달라고 하는데 그중 내가 정확히 이해하는 것은 하나뿐이다. 그 집 아들이 좀 더 튼튼해졌으면 좋겠다는 것. 나는 그렇게 전하겠다고 약속하고 한발 더 나아가 그 아이를 다시 만나면 어떤 상태인지 편지로 알려 주겠다고 제안한다. 현명하게도 그녀가 굳이 그럴 필요는 없다고 하자 나는 그렇다면 그만두겠다고 한다. 점심을 먹고 나자 밖에 비가 쏟아지고 있다. 나는 어차피 영국에 도착하면 똑같은 상황을 겪게 될 테니 이런 날씨에 적응해야 한다고 농담을 건넨다. 그러자 엘라는 영국 기후가 특히 자국민에게 심하게 비방당하는 것 같다고 냉랭하게 대꾸한다(어쩐지 내가 조국을 배신한 기분이 든다). 그녀는 폭우 때문에 베렝가리아호의 항해가 힘들어지지 않기를 바란다고 덧붙인다.

진저리를 내며 짐을 가지러 객실로 올라간다. 책들은 여전히 통제하기 어려운 상태지만 결국 나는 그중 아홉 권을, 엘라는 두 권을 챙겨 아래층으로 내려간다.

엘라가 운전하는 차로 선착장에 도착한다. 그녀는 끈이 필요하다는 말을 몇 번이고 되풀이한다. 게다가 선착장에 가보니 베렝가리아호 현문까지 한참 걸어가야 한다.

손에 든 짐이 너무 많아서 두 번이나 작은 물건을 떨어뜨리는 바람에 책이 와르르 무너진다. 나보다 짐을 적게 든 엘라는 저만치 앞서 걸어가면서 절대 뒤돌아보지 않기로 마음을 굳게 먹은 것 같다. 내게는 차라리 다행이다.

베렝가리아호는 거대한 데다 사람들로 북적거린다. 책을 들고 (또는 놓치고) 낑낑거리며 나아가는 나를 불쌍히 지켜보던 남자 승무원이 사람들을 비집고 도우러 온다. 그는 나와 내 책을 선실까지 데려다주겠다고 한다.

그를 따라 끝없이 걸어가는 도중, 엘라가 생각에 잠긴 얼굴로 말한다. 혹시라도 불이 나면 갑판까지 한참 달려야겠어요.

고맙게도 객실에서는 수많은 꽃과 전보가 나를 기다리고 있다. 소포도 몇 개 있는데 틀림없이 모두 책일 것이다. 승무원이 나가자 엘라가 2층 침대 가장자리에 걸터앉으며 자기는 지난번 유럽 여행을 떠날 때 전용 객실을 썼는데 완전히 꽃가게로 바뀌었다고 한다. 승무원도 15년 동안 배를 탔는데 그런 건 처음 봤다고 했다나.

그 말에 나는 그 승무원은 여행하는 영화배우를 못 본 모양이라고 과감하게 대꾸한다. 내가 알기로 영화배우는 꽃과 과일, 책, 그 밖의 다른 선물을 하도 많이 받아서 객실을 한두 개 더 빌린다면서. 엘라는 내 말에 딱히 신경 쓰지 않고(어차피 그럴 줄 알았지만) 잠시 후 내가 짐을 풀고 누워야 할 테니 그만 가보겠다고 한다.

갑판까지 그녀를 배웅하면서 여러 번 길을 잃자 불이 났을 때 겪게 될 불쾌한 상황이 자꾸 그려진다. 이윽고 우리는 작별한다.

엘라가 내게 마지막으로 건넨 말은, 내가 무사히 도착했다는 소식을 듣고 싶다는 것이다. 자기는 해외에서 밤낮으로 전보를 너무 많이 받아서 모두가 비웃지만 친구가 그렇게 많은 걸 어쩌겠냐면서. 나는 마지막으로 그녀에게 (당연히도) 그동안 호의를 베풀어 주어 고맙다고 한다. 우리를 만나게 해준 트레시더 부인 얘기가 한 번 더 나오자 엘라는 그녀에게 사랑을 전해 달라고, 그 집 아들은 지금쯤 어릴 때의 유약함에서 벗어났기를 바란다고 한다. 내가 상체를 내밀고 지켜보는 가운데 엘라는 처음 보는 잿빛 다람쥐 모피 외투를 입고 끝까지 우아하게 떠난다.

주변 승객들을 둘러보며 저들 가운데 누구든 마음에 드는 사람이 있을까 생각해 본다. 그리 낙관적이진 않지만 틀림없이 그들도 나에 대해 똑같이 느낄 것이다. 그때 낯익은 형체가 불쑥 나타난다. 마드무아젤이다. 그녀는 내게 다가오며 웅얼거린다. "디외! 켈 카나이!"● 굳이 이렇게까지 할 필요가 있나? 내가 그녀를 데리고 가까운 휴게실로 가서 안락의자에 앉자 그녀는 작은 국화 화분을 내민다.

그러고는 몹시 침울한 얼굴로 눈물을 흘리며 말한다. 아주 좋은 배도 '앙글루티 파르 레 바그'▲하는 경우가 많은데 엄마 없이 남겨질 가엾은 나의 두 아이를 생각하면 가슴이 미어진다나. 내가 좀 낙관적으로 생각하라고 간청하자 기분이 상한 듯해서 나도 비슷한 실수를 많이 한다고(실제로 그러니까) 얼른 덧붙인다. 마드무아젤은 침울하게 대꾸한다. "아, 레 프레상티망, 레 프레상티망!"■ 그 말에 우리는 다시 침울해진다.

분위기를 전환하려고 내 객실을 보여 주겠다고 한 뒤 다시 험난한 여정을 거쳐 객실로 간다.

마드무아젤은 여러 통의 전보를 보고는 또 한 번 "몽 디외!" 하

---

● 어머나! 이게 누구래!
▲ 파도에 집어삼켜지다.
■ 아, 예감이 안 좋아요!

고 외치며 혹시 나쁜 소식일지 모르니 당장 열어 보라고 애원한다. 나는 전부 확인한 뒤 친절한 미국인 친구들이 보낸 잘 가라는 인사라며 안심시킨다. 마드무아젤은 (몹시 불안한 모습으로) 내 말에 안심하기는커녕 눈물을 펑펑 쏟으며 자기가 '말 뒤 페이'●와 '라 노스탈지'▲에 시달리는 모양이라고 한다.

내가 '노스탈지'를 '뉴랠지어'■로 잘못 듣고 아스피린을 먹으라고 하는 바람에 마드무아젤의 기분이 한결 나아진다. 갑판에서 마지막으로 애정 어린 작별 인사를 나눌 때까지 그녀는 다시 울지 않는다. 배와 육지를 연결하는 다리가 걷히려 하자 마드무아젤은 "비트!"◆ 하고 소리치며 판자를 달려 내려가 엉망인 상태로 선착장에 이른다.

나는 그녀에게 손을 흔들고 이윽고 베렝가리아호가 출발한다. 하필 미국에 작별을 고하는 이 극적인 순간에 누군가가 산통을 깬다. 모르는 영국 여자가 내게 저 사람이 친구냐고 진지하게 묻는 것이다.

네, 맞아요.

그렇군요. 방금 전 급하게 내려가는 모습을 보니 제가 사우샘

---

● 망향.
▲ 향수.
■ 신경통.
◆ 빨리!

프턴에서 배를 타고 떠날 때 우리 아들이 배웅하던 일이 떠올라서요. 우리 아들은 워낙 효자라 제 어미가 편안한지 확인하겠다고 늦게까지 선실에 있다가 갑판으로 허겁지겁 올라갔거든요. 그런데 어떻게 된 줄 알아요?

그야 어렵지 않게 짐작할 수 있지만 안다고 하면 김이 샐 테니 시치미를 떼고 흥분한 목소리로 묻는다. 어떻게 됐어요? 그러자 영국 여자는 비장하게 대답한다. 글쎄, 배가 이미 출발해 선착장과 몇 미터쯤 떨어져 있더라니까요. 그래서 우리 아들이 어떻게 했는지 알아요?

헤엄쳤겠죠. 내가 대꾸한다.

아니에요. 글쎄, 껑충 뛰었지 뭐예요. 한 손으로 난간을 짚고 펄쩍 뛰더라니까요. 그런데 성공했답니다. 2센티미터만 모자랐어도 물에 빠졌을 텐데. 글쎄, 선착장에 딱 착지했지 뭐예요. 그녀는 가슴이 얼마나 조마조마했던지 여기까지 오는 내내 화가 식지 않았다고 한다. 도무지 그 일을 잊을 수가 없었다. 생판 모르는 사람한테 이렇게 얘기할 정도면 지금도 못 잊은 모양이라고 대꾸하고 싶지만 너무 비정해 보일 것 같아 그저 무사해서 다행이라고 대꾸한다. 영국 여자는 분개한 투로 말한다. 그렇긴 한데 그래도 항해 내내 속이 부글거리더라고요.

이 대화를 끝내야 할 이유는 없지만 그렇다고 계속할 이유는 더더욱 없어서 그저 웃으면서 가기로 한다. 얼마 후 여승무원이 내 객실로 오더니 고맙게도 꽃을 꽂을 화병을 가져다주겠다고 한다. 그러고는 꽃의 일부를 식당에 있는 내 테이블로 옮기면 어떻냐고 묻는다.

나는 고마움을 표하며 그러라고 하고는 편지와 전보, 책을 훑어본다. 알렉산더 울컷 씨의 편지를 보고 무척 감동한다. 아주 유명한 그의 친구 두 명이 이 베렝가리아호를 탈 것이며 나를 찾아와 소개하고 이야기를 나눌 거라고 한다. 아주 즐거울 거라고, 우리 모두에게 이로운 일이라고 우아하게 덧붙였다.

뭉클하지만 그런 일은 없을 것 같다. 그 이유는 (a) 그의 유명한 친구들은 일등석에 탔을 테고 나는 아니니까. (b) 배가 망망대해로 나가는 순간 나는 바로 누울 것이며 누군가와 얘기할 상태도 아니고 하고 싶지도 않을 테니까.

필요한 물건 몇 가지를 꺼내면서 문득 스타텐담호에서도 비슷한 수순을 밟았던 일이 떠오른다. 이제 정말 집으로 가고 있으며 아이들 사진을 보고 가슴이 미어지는 고통에 시달릴 필요가 없다는 점을 실감한다. 이윽고 나는 식당으로 향한다.

내가 앉은 테이블에는 캐나다인 청년 셋이 함께 앉는데 셋 다

똑같이 생겼다. 형제는 확실하고 어쩌면 세쌍둥이일지도 모르겠다. 사우샘프턴 부두에서 아들이 뛰어난 운동신경을 선보였다는 나이 지긋한 나의 동포도 동석한다.

테이블 중앙에 놓인 커다란 꽃다발을 보고 모두가 어디서 난 거냐고 묻기에 내가 받은 거라고 하자 모두들 나를 대단한 사람으로 여기는 것 같다.

그런데 더 굉장한 상황이 벌어진다. 우리 테이블을 맡은 급사가 나를 한참 보더니 1922년에 나와 함께 증기선 멘토호에 탔다고 외치는 것이 아닌가. 자칫 추문을 낳을 법한 말이지만 그런 가능성을 무시한 채 나는 그 배를 탔다고 인정한다. 급사는 당시 블루 퍼넬 해운사*에서 일했는데, 영광스럽게도 나와 남편이 선장과 함께 앉은 테이블을 맡았다면서 나를 똑똑히 기억한다고, 거의 변하지 않았다고 덧붙인다.

그의 말에 확실히 내 위신이 올라가는 것 같다. 영국 여자(스마일리 부인이라고 한다)와 캐나다인 세쌍둥이가 모두 경외에 찬 얼굴로 나를 바라본다.

게다가 급사는 굳이 모든 음식을 나에게 가장 먼저 내주고 자

---

* 1866년부터 1988년까지 운영되던 영국의 해운사.

기 할 일을 하면서도 이따금 우리가 예전에 함께 겪은 일을 다정하게 회상하기도 하며 나의 위신을 한껏 더 높여 준다.

관심을 받는 건 고마운 일이지만 항해가 끝날 때까지 이 상태가 유지될지 심히 의심스럽다.

**12월 4일**

객실의 꽃이 어쩔 수 없이 치워지고 책도 전혀 읽지 못한다. 그래도 승무원은 다정하게 대해 주며 움직일 생각은 하지도 말라고 간청한다.

나는 움직일 생각은 하지도 않는다.

**12월 5일**

승무원이 내게 무시무시한 폭풍이 왔었다고 일러 준다. 그렇게 심한 폭풍은 자기도 처음 봤다는 것이다. 그 말을 들으니 괜히 고맙고(왜?), 뱃멀미하는 승객에게 으레 해주는 말이라 생각하지 않기로 마음먹는다.

그녀는 자기가 맡은 여자 승객이 대부분 자리에 누웠으며 여자 승무원 한 명도 마찬가지라고 한다. 그러고 보니 생각났다면서 식사 때 우리 테이블을 맡았던 급사가 내가 괜찮은지 여러 번 물어봤고 나중에라도 음식을 먹을 수 있다면 자기에게 알려 달라 했다고 한다.

감동한 나는 구운 감자 하나와 비스킷 하나를 먹기로 한다. 곧이어 음식이 나와서 먹고 나자 기분이 한결 나아진다. 승무원은 이제 바다가 아주 잔잔해졌으니 갑판에 나가면 더 나아질 거라고 부추긴다.

어쩐지 그럴 것 같아서 갑판으로 나간다. 건강한 모습으로 활기차게 돌아다니는 많은 사람과 그렇게 활기차진 않지만 의자에 앉아 다리에 담요를 덮고 있는 사람들의 모습에 사뭇 놀란다. 나도 그렇게 하리라 다짐하지만 내게는 승무원의 말처럼 대서양이 잔잔해 보이지 않아서 등을 돌린다. 잠시 후 캐나다인 세쌍둥이가 모두 검은 베레모를 쓴 채 지나가다가 걸음을 멈추고 좀 어떠냐고 묻는다. 식당에서 보이지 않아서 궁금했다는 것이다. 나는 그들에게 스마일리 부인과 잘 지내냐고 묻는다. 세 청년은 난감한 표정으로 서로를 보더니 그중 한 명이 말한다. 말이 많으시더라고요.

어련하실까.

문득 그녀가 옆자리에 앉아 있는 건 아닐까 싶어서 흠칫 놀라지만 등받이의 이름표를 보니 아닌 것 같다. 대신 나는 영광스럽게도 H. 시릴 드 멀린스 그린 씨의 옆에 앉아 있다. 부당하다는 건 알지만 이름만으로도 강한 선입견이 생긴다. 문학의 세계로 손을 뻗어 셰익스피어의 명언인 '이름이 뭐가 문제냐?'를 되뇌며 선잠에 든다.

시간이 너무도 더디 가지만 기분은 괜찮은 편이다. 배에서 읽을 책과 꽃을 보내 준 고마운 이들에게 감사 편지를 써야겠다고 생각하면서도 어째서인지 객실에서 필기도구를 가져올 기운이 나지 않는다. 한 번 더 문학의 세계로 손을 뻗어 갬프 부인의 말을 되뇐다. "처피 씨, 연지를 바르세요."● 효과는 없는 것 같다.

오후가 되자 H. 시릴 드 멀린스 그린 씨가 모습을 드러낸다. 창백한 얼굴에 뿔테 안경을 썼고 머리숱이 놀라우리만치 많은 청년이다. 그는 왜인지 다소 화난 투로 내 이름을 안다고 하며 **자기도 글을 쓴다**고 덧붙인다. 그럴 줄 알았다고 말하고 싶지만 대신 조금 짓궂은 질문을 던진다. H. 시릴 드 멀린스 그린 씨의 작품은 어느 출판사에서 나오나요? 그가 말하는 출판사는 들어 본 적이 없

---

● 찰스 디킨스의 소설 《마틴 처즐위트의 생애와 모험》에서 과도한 화장으로 유명한 인물인 갬프 부인이 처피 씨에게 장난스럽게 건네는 말.

지만 오래전부터 알고 있었다는 듯이 되묻는다. 아, 그래요? 그러고 나자 대화가 끊긴다. 저녁 식사는 갑판에서 해결하지만 그래도 꽤 만족스럽다. 식사를 하고 바로 객실로 내려간다.

## 12월 6일

로버트에게서 집에는 아무 일도 없으며 사우샘프턴으로 나오겠다는 전보를 받는다. 그러고 나자 기분이 한결 나아져서 완전히 회복한 것 같다.

 내가 없는 동안 식사 자리에서는 스마일리 부인이 캐나다인 세 쌍둥이를 쥐락펴락하며 대화를 독점하고 있었던 모양이다. 내가 건강한 모습으로 나타나자 그녀는 달갑지 않은 얼굴로 자기는 내내 굳건히 버텼다고 한다. 게다가 브리지 놀이에서 여러 번 이겼고 덱 테니스도 했으며 보물찾기 놀이를 주도해 큰 성공을 거뒀다고 한다. 이 말에 나와 캐나다인 청년들은 반박하지 않지만 얼마 후 셋 중 가장 어려 보이는 청년이 자기들은 매일 갑판을 돌며 약 6킬로미터씩 걸었다고 도전하듯 중얼거린다. 나는 굉장하다며 따뜻한 찬사를 보내지만 스마일리 부인은 그런 식의 거리 계산은

틀린 경우가 많다는 말로 우리 모두를 또 한 번 침묵에 빠뜨린다.

오늘 저녁에는 음악회가 예정되어 있다고 한다. 스마일리 부인이 음악회를 주최하는 데 큰 역할을 했고 공연에도 몇 차례 합류할 예정이라고 한다. 얼마 후 H. 시릴 드 멀린스 그린 씨가 내게 자기가 없어도 상심하지 말라고 한다. 아마추어 공연은 도저히 견딜 수 없다는 것이다. 음악은 바흐의 곡이 아니면 전부 고문과도 같다고 한다. 내가 식당에서도 바흐가 아닌 다른 음악이 자주 연주되는데 무척 괴롭겠다고 하자 그는 짜증스러운 말투로 자기는 식당에 가는 일이 거의 없는데 몰랐냐고 되묻는다. 자기는 다른 인간들이 먹는 모습을 견딜 수가 없다는 것이다. 비위가 상한다나. 자기도 좀처럼 먹지 않는다. 아침은 건너뛰고 점심에는 사과 하나, 저녁에는 약간의 적포도주와 생선, 과일만 먹는다고 한다. 나는 부러운 투로 말한다. 돈이 안 들겠네요! 덕분에 어머니가 편할 거라고 하자 H. 시릴 드 멀린스 그린 씨는 몸서리치며 부모님과 따로 산 지 오래됐다고, 가족생활은 극도로 **부르주아적**이라 생각한다고 한다. 아무래도 시릴과 나는 중요한 부분에서 사사건건 의견이 갈리는 것 같으니 대화를 그만하기로 한다. 대신 L. A. G. 스트롱●의 신간 소설을 펼친다.

---

● 영국의 인기 소설가 겸 비평가, 역사가.

현대 소설이라니! 시릴이 날카롭게 외친다. 현대 소설은 전부 쓰레기예요! 버나드 쇼는 예외로 쳐줄 수 있지만(누가 그러라고 했나?) 오늘날 살아 있는 작가는 하나도 없다고 한다. 단 한 명도! 아니, 그럼 우리는요? 내가 묻지만 그의 귀에는 내 농담이 들어오지 않는 듯 그저 길고 긴 독백을 늘어놓으며 수많은 세계적인 명장을 짓밟는다. 때마침 스마일리 부인이 나타나 끼어들자 어찌나 고마운지. H. 시릴 드 멀린스 그린 씨는 그녀를 보는 순간 벌떡 일어나서 가버린다. (이로 미루어 짐작컨대, 두 사람은 이미 만난 적이 있는 모양이다.)

스마일리 부인은 오늘 밤 음악회에서 내 글을 조금 낭독해 줄 수 있는지 물어보러 왔다고 한다. 아뇨, 정말 죄송하지만 그건 절대 안 돼요. 아니, **왜요**? 스마일리 부인은 따지듯이 묻는다. 아무도 뭐라고 하지 않을 거예요. 아니, 어차피 사람들은 듣지도 않을 테지만 그래도 **즐거움을 줄** 수 있잖아요. 기회가 있을 때 이 슬픈 세상에 빛을 비추어야 한다고 생각하지 않나요? 스마일리 부인은 다른 사람을 기쁘게 해줄 수만 있다면 자기가 조금 성가신 것은 얼마든지 참을 수 있다. 이런 공연을 기획하는 건 아주 힘든 일이고 누가 알아주지도 않지만 그래도 그게 자신의 의무라고 생각한다. 그냥 그뿐이에요. 그저 의무감에서 하는 거죠. 내가 대꾸하지 않자 그녀는 고개를 저으며 가버린다.

(스마일리 부인을 또다시 마주친다면 기회가 있을 때 한시라도 빨리 그녀를 물에 빠뜨려 버리는 게 나의 기쁨은 아니더라도 나의 의무라고 느낄 것 같다.)

결국 커다란 휴게실에서 음악회가 열리고 모두가 (아마도 시릴은 빼고) 참석한다. 여자들이 차례로 나와 대개는 정원이나 어린아이를 주제로 한 노래를 부른다. 한 남자가 서툴게 콘서티나* 독주를 하고 다른 남자는 마술을 선보인다. 마지막으로 스마일리 부인이 썼다는 노래가 나오는데, 이 배의 승객들을 꽤 독창적으로 소개하는 노래다. 짧은 시간 동안 어떻게 그 모든 사람에 대해 알아내는지 신기할 따름이다.

그러고 나자 (역시 스마일리 부인이) 해군 자선 단체를 위해 기부하라고 호소한다. 그녀가 탬버린을 들고 식당을 돌자 우리는 그 안에 동전을 넣고 흩어진다.

흡연실을 지나다가 얼핏 보니 H. 시릴 드 멀린스 그린 씨가 브랜디 소다 따위를 마시며 (내가 보기엔 정신이 온전하지 않은 것 같은) 노신사에게 종교 개혁 이후로 영국의 연극은 죽었다고, 확실히 **죽어** 버렸다고 말하고 있다.

---

● 아코디언과 비슷한 작은 악기.

## 12월 7일

마지막으로(부디) 짐을 싸면서 하루 종일 온갖 소식을 듣는다. 자정 전에 도착하지 못한다, 오늘 오후 4시에 도착한다, 오늘 안에 도착하지 못한다, 등등.

마침내 식당 앞 게시판에 공지가 붙는다. 우리는 밤 9시에 사우샘프턴에 도착할 것이며 6시에 저녁 식사가 제공되니(이게 가능한 일일까?) 짐을 모두 싸서 4시에 선실 밖으로 내놓으라는(이건 더욱 불가능한 듯) 내용이다. 3시가 되기 전에 모든 준비를 끝내고 나자 딱히 안정이 되지 않아서 그저 스마일리 부인이 캐나다인 세쌍둥이 한 명과 탁구 시합을 벌여 압승하는 모습을 지켜본다.

저녁 6시에 식사가 나오지만 너무 들떠서 아무것도 먹을 수가 없다. 나는 그때부터 배 안을 왔다 갔다 하며 작은 배가 보일 때마다 사우샘프턴에서 마중 나온 로버트가 탄 부속선이 아닐까 생각한다.

결국 나를 가엾이 여긴 갑판원이 부속선은 **다른** 쪽으로 온다고 일러 주자 얼른 그리로 달려간다. 파란 정장을 입은 낯익은 형체가 보여서 열성적으로 손을 흔들지만 알고 보니 전혀 모르는 사람이다.

부속선이 가까워지자 그 안에 탄 사람들을 일일이 훑어보다가 레인코트와 펠트 모자 차림의 사내가 로버트라고 결론짓지만 너무 불안해서 손을 흔들기가 망설여진다. 아니나 다를까 트위드 외투와 스커트 차림의 여자가 레인코트에게 소리친다. 아빠? 그러자 그쪽에서 대답이 돌아온다. 안녕, 우리 딸! 괜찮니?

나는 로버트가 ⓐ 너무 흥분해서 쓰러졌거나 ⓑ 두 아이 중 하나가 죽어 가고 있어서 못 왔거나 ⓒ 부속선을 놓쳤다고 결론 내린다.

낙담하며 난간에서 물러서는 순간 어떻게 탔는지 어느새 배에 와 있는 로버트를 맞닥뜨린다. 갑자기 감정이 북받쳐 올라 창피하게도 울음이 터진다.

로버트는 다정하게 나를 토닥여 준 뒤 내가 추스르는 사이 저만치 걸어가서는 낯선 짐을 바라본다. 스마일리 부인이 다가와 혹시 남편이냐고 묻자 그제야 정신을 차린다. 나는 그렇다고 짧게 대꾸하고는 얼른 돌아선다.

로버트와 나는 식당 앞 소파에 앉아 한참 얘기를 나눈다. 우리의 오랜 친구인 급사가 황급히 나와 로버트에게 열성적으로 인사하며 내 짐의 세관 통과를 맡아 주겠다고 한다.

덕분에 우리는 놀랍도록 빠르게 세관을 지나 연결 기차에 오른다. 오랜 친구에게 진심 어린 작별 인사를 건네고 도와준 데 대해서도 고마움을 표한다.

로버트는 내가 와서 기쁘다면서 그동안 집이 너무 조용했다고 한다. 나는 앞으로 평생 두 번 다시 집을 떠나지 않겠다고 맹세하고는 아이들 편지는 없냐고 묻는다.

기쁘게도 두 아이 모두 편지를 한 통씩 썼다. 로버트는 목사님 아내도 안부를 전해 달라 했으며 목요일 5시에 차를 마시러 함께 오라고, 하지만 성가대 연습이 있으니 그 전에 오면 안 된다고 했단다.

나는 열성적으로 그날을 고대하며 무사히 집에 왔음을 실감한다.

끝.

옮긴이의 말

# 대서양을 건너간 일기장

1934년 초에 출간된 《어느 영국 여인의 일기 세 번째, 미국에 가다》는 작품 속의 여러 정황으로 미루어 1933년 하반기의 이야기로 추정된다. 이 시기에 미국은 프랭클린 루스벨트 대통령의 뉴딜 정책으로 서서히 대공황의 여파에서 벗어나고 있었고, 할리우드를 중심으로 영화 산업이 급격하게 발전했으며, 역대 가장 기만적인 법이라는 오명과 함께 수많은 부작용을 낳은 금주법이 폐지되었다. 우리의 영국 여인이 고국으로 돌아가는 배를 타고 사흘 뒤인 12월 5일의 일이었다. 다과 모임을 가장한 칵테일파티나 뉴욕의 밤 문화를 경험하는 장면이 이 책에 담긴 것은 주인공이 공공연한 주류 밀매의 마지막 나날을 아슬아슬하게 목격한 덕분이다.

이렇듯 영국 여인의 눈에 비친 1933년의 미국은 배경을 좀 더 들여다보면 새로운 재미를 찾을 수 있다. 미국 영토 내에서 알코올음료의 제조 및 판매, 운반을 전면 금지하지는 금주법이 발효된 것은 1920년 1월이었다. 그 후 밀조나 주류 밀매와 관련된 범죄가 크게 늘었고 여기에 마피아가 연루되어 폭력 사태가 빈발했으며, 주세 수입이 없어지면서 정부의 세수가 줄어 특히 대공황 시기에 어려움을 더했다. 이 무렵부터 질 낮은 술이 유통되면서 저급한 맛을 감추기 위해서 칵테일이 유행했다는 설도 있다. 아이러니하게도 금주법이 시행된 1920년대는 '재즈 에이지'이자 '광란의 20년대'라고 불릴 만큼 시끄러운 나날로 기록되었다. 영국 여인이 뉴욕의 밤거리에서 마주한 '고급' 주류 밀매점 같은 곳에서는 경찰과 갱단이 한 공간에 앉아 술을 마시는 일도 빈번했다.

20세기 초반 뉴욕시는 이미 세계 최대의 도시로 자리매김했고, 1931년에 지어진 엠파이어 스테이트 빌딩은 여전히 세계에서 가장 높은 건물로 우뚝 서 있었다. 흑인들이 인종 분리 및 차별을 위한 짐 크로 법을 피해 남부에서 북부 공업 도시로 대거 이동하면서 뉴욕의 흑인 인구는 절정에 달했다. 그 영향으로 맨해튼 북부의 할렘 지역을 중심으로 음악과 춤, 미술, 패션, 문학, 학문까지 아우르는 흑인 문화의 부흥, 이른바 '할렘 르네상스'가 일었다. 영국 여인이 다른 나이트클럽에서 선정적인 공연에 회의를 느낀 뒤 할렘의 코튼 클럽에서 흑인들의 공연에 깊은 인상을 받은 데에는 이러한 요인이 작용했을 것이다.

또 작품 속에서도 여러 번 언급되다시피 시카고에서는 도시 설립 100주년을 맞아 '진보의 세기(Century of Progress)'라는 이름으로 대규모 국제 박람회가 열렸다. 기술 혁신을 주제로 한 이 박람회에서는 미국의 삶과 과학의 융합이라는 기치 아래 철도와 기차, 자동차, 건축을 비롯한 다양한 분야의 최신 기술이 선보여졌다. 영국 여인이 경악했듯이, 실제 신생아들이 들어 있는 인큐베이터가 전시되기도 했다. 5년여 동안 철저하게 준비된 박람회는 큰 성공을 거뒀고 이후 1934년 5월부터 10월까지 다시 개장했다. 2년 동안 방문객은 총 5천만 명에 육박하여 미국 역사상 최초로 투자금을 전액 회수한 국제 박람회로 기록되었다.

미국인들이 생각하기에 영국 여인이 가장 좋아할 만한 도시인 보스턴은 17세기 영국에서 건너온 청교도들의 정착지로 출발한 도시다. 굳이 대서양을 건너 미국까지 온 영국 여인이 이처럼 영국적인 도시에 큰 매력을 느끼지 못하는 것은 당연한 일이다. 18세기 미국 독립 혁명 기간에 보스턴 차 사건을 포함해 중요한 몇몇 사건이 일어나긴 했지만 20세기 초부터는 2차 대전 이후 대대적인 도시 재개발이 이뤄지기 전까지 쇠퇴기에 접어들었다. 주인공이 방문한 시기에는 하버드 대학과 인근 콩코드에 있는 울컷 생가를 제외하고는 딱히 이국의 매력을 느낄 수 없었을 것이다. 섬나라인 고국에서 지겹도록 시달린 쌀쌀한 바닷바람만 스산하게 불지 않았을까?

이 소설은 자전적 이야기이며 작품 속의 많은 인물도 작가의 주변 인물들을 허구화한 것으로 널리 알려져 있다. 실제로《어느 영국 여인의 일기》네 편이 쓰인 시기에 E. M. 델라필드의 삶은 주인공의 삶과 대체로 맞닿아 있다. 더욱이 작품의 형식상 작가의 경력에 큰 영향을 미친 작품에 다시 그 영향이 투영되었다는 점은 이 사랑스러운 소설에 재미와 매력을 더하는 요소라 하겠다.

E. M. 델라필드는 1917년에 첫 소설을 발표한 이후 많은 작품을 썼지만 1929년 주간 문예지 〈시간과 조수〉에 이 일기 형식의 자전적 소설을 연재하면서 비로소 작가로 이름을 알리기 시작했다. 그 첫 작품인《어느 영국 여인의 일기, 1930》의 대중적인 성공으로 작가가 런던 블룸스버리의 문학계에 진출한 상황은 후속편인《어느 영국 여인의 일기 두 번째, 런던에 가다》의 소재가 되었다. 델라필드는 영국 여인과 똑같이 블룸스버리 도티가 57번지의 작은 아파트를 빌려 네번과 런던을 오가며 생활했다. 신기하게도 다소 건

조한 이 여인의 영국식 풍자와 유머는 미국에서도 큰 인기를 끌었다. 미국 출간은 지금의 하퍼콜린스(HarperCollins) 출판사의 전신인 하퍼 앤드 로우(Harper and Row)에서 맡았다. 델라필드는 당시 이 회사를 이끌던 미국의 대표적인 출판업자 캐스 캔필드(Cass Canfield)에게 두 번째 런던 이야기를 헌정하며 그와 따뜻한 관계를 이어 갔다.

1933년 캔필드는 델라필드의 미국 및 캐나다 동부 순회강연을 준비했고, 이 경험이 바로 이 세 번째 미국 이야기에 투영되었다. 첫 두 권은 제각기 영국에서 먼저 출간된 뒤 이듬해에 미국으로 건너갔지만, 세 번째 미국 이야기와 네 번째 전쟁 이야기는 모두 영국과 미국에서 동시에 출간되었다. 미국에서 델라필드의 입지와 위상이 그만큼 커졌다는 방증이리라.

주인공이 대체로 미국에 긍정적인 태도를 보인 데에는 이런 점이 적지 않은 영향을 미쳤을 것이다. 작품 초반에 마을 사람들이 미국에 대해 한마디씩 내놓는 장면에서 알 수 있듯이, 당시 영국인들은 미국에 마냥 호의적이지 않았다. 이 네 편의 소설이 발표된 1930년대 10여 년 동안 영국은 서서히 미국에게 패권을 넘겨주었기 때문이다. 특히 주인공이 자주 어울리는 상류층 사람들에게는 이런 상황이 달가웠을 리 없다. 첫 번째 이야기에서도 로즈가

3년간의 미국 생활을 끝내고 귀국해 데번에 잠시 묵을 때 미국에 가보지도 않은 로버트는 그녀의 말에 사사건건 토를 달며 미국을 깎아내리려 안간힘을 쓴다. 또 여러 모임 장면에서도 미국을 비판하는 대화가 자주 오간다. 당시 영국에서 반미 감정은 꽤 흔했고, 당연히 많은 문학 작품에도 그러한 태도가 투영되었다.

반면, 우리의 주인공은 전작들에서도 미국을 대체로 동경하며 가보고 싶은 마음을 드러냈다. 세 번째 이야기에서 드디어 꿈을 이룬 그녀는 여러 면에서 훨씬 더 풍족하고 화려한 미국의 삶을 경험하면서 순수하게 감탄할 뿐 반감이나 앙심을 드러내지 않는다. 영국에 비해 "전반적으로" 훌륭한 미국의 음식과 기차역, 호화로운 파티와 실내 장식, 눈이 휘둥그레지는 쇼핑몰 등이 모두 그녀에게는 감동으로 다가올 뿐이다. 그도 그럴 것이, 이 여인의 특기인 자조 때문에 확연히 두드러지지 않지만 사실 그녀는 본국에서보다 미국에서 훨씬 극진한 대접을 받는 듯 보인다. 처음부터 '내가 정말 그만한 가치가 있는 사람일까?'라고 자문할 만큼 꽤 후한 지원을 받았고, 미국에 도착하는 순간 카메라 세례와 인터뷰 요청, 유명 인사들의 환대와 초대에 정신을 못 차릴 지경이다. 시카고에서는 루마니아 여왕의 방문 이래 처음으로 기차역에서 사진이 찍히는 영광을 누리고, 백화점 서점에서 열린 강연에서는 무려 400~500명의 관객을 마주한다. 미국의 유명한 평론가가 라디오에서 그녀를 언급한 덕분에 올컷 생가가 특별 개방되는 특권을 누리기도 한다. 어쩌면 이 여인이 뼈저리게 절감했듯이, 실제로 작가들은 오히려 고국에서 가치를 제대로 인정받지 못하는지도 모르겠다.

다행히 이 여인은 미국에 호의적이면서도 여전히 신랄한 풍자를 내려놓지 않는다. 시도 때도 없이 자식 자랑만 늘어놓는 캐나다 여자나, 짐 싸기를 도와준답시고 한껏 멋을 부리고 나타나 간신히 시늉만 하는 엘라 윌라이트, 유명한 사람을 너무 많이 알아서 인맥을 빼면 시체가 될 것 같은 캐서린 엘런 블럿 등은 어김없이 도마 위에 올려져 난도질당한다. 그러나 한편으로 이 여인은 이들에게 받은 접대나 선물에 진심으로 고마워한다. 그녀의 전형적인 영국식 풍자와 유머가 대서양을 건너서까지 혹은 한 세기를 넘어서까지 통하는 것은 이처럼 편견 없고 공평하며 합리적인 정신이 바탕에 깔려 있기 때문일 것이다. 이 여인은 민족주의나 근거 없는 선입견에 휘둘리지 않고 꿋꿋이 인간의 흠결을 꼬집는 데 집중한다. 그리고 언제나처럼 공격의 대상에 누구보다도 자신을 포함시킨다. 그녀는 이 화려한 나라에서 극진한 대접을 받으면서도 여전히 불완전하고 초라한 인간이 되기를 자처한다. 그 덕분에 우리는 시간적으로나 공간적으로나 멀리 떨어진 세계의 이야기 속에서 끊임없이 우리 주변의 누군가를 혹은 우리 자신을 발견하고 공감한다.

결국 가장 사사로운 이야기가 가장 보편적인 이야기이기에.

박아람

## E. M. 델라필드 E. M. Delafield

본명은 에드메 엘리자베스 모니카 대시우드, 결혼 전 성은 드 라 파스튀르로, 1890년 잉글랜드 남동부의 서식스주에서 태어났다. 아버지는 프랑스 혁명기에 잉글랜드로 이주한 백작 가문의 후손이며 어머니는 유명한 소설가였다. 1차 세계 대전 당시 데번주 엑서터의 간호 봉사대에서 간호사로 일하면서 1917년 첫 소설 《Zella Sees Herself》를 발표했다. 1919년 토목기사인 아서 폴 대시우드 대령과 결혼한 뒤 잉글랜드의 데번주 켄티스베어에 정착하여 지역 사회의 주요 인사로 활동했다. 진보적 정견과 페미니즘을 기치로 내세운 영국의 주간지 〈시간과 조수〉에 꾸준히 기고했고 1927년 이 주간지의 이사진에 합류했다. 1929년부터 〈시간과 조수〉에 연재된 자전적 소설 《어느 영국 여인의 일기, 1930》으로 큰 상업적 성공을 거뒀으며 이후 세 편의 속편을 더 발표했다. 1943년 50대의 비교적 젊은 나이로 생을 마감할 때까지 왕성한 작품 활동을 했다.

## 옮긴이 박아람

전문 번역가. 영국 웨스트민스터 대학에서 문학 번역에 관한 논문으로 영어영문학 석사 학위를 받았다. 주로 문학을 번역하며 KBS 더빙 번역 작가로도 활동했다. 에드워드 리의 《버터밀크 그래피티》, 다이앤 엔스의 《외로움의 책》, 앤디 위어의 《마션》, 메리 셸리의 《프랑켄슈타인》(휴머니스트 세계문학), 라이오넬 슈라이버의 《빅 브러더》 《내 아내에 대하여》 《맨디블 가족》, J. K. 롤링의 《해리 포터와 저주 받은 아이》 《이카보그》, 조지 손더스의 《12월 10일》을 비롯해 70권이 넘는 영미 도서를 우리말로 옮겼다. 2018년 GKL 문학번역상 최우수상을 공동 수상했다.